庫

おにのさうし

夢枕 獏

文藝春秋

目次

おにのさうし

『鬼譚草紙』（朝日文庫／二〇〇六年九月刊）を改題

染殿《そめどの》の后《きさき》
鬼のため
嬈乱《ぜうらん》せらるる物語

一

歳月《としつき》のたつことの、なんと疾《はや》いことでございましょうか。

かつてはあれほどに人の心を責《せ》め呵《さい》なんでいたと思える哀《かな》しみすらも、長い刻《とき》が過ぎてみればほんの束《つか》の間《ま》のことのようでございます。想いのみならず、人の身に宿る若さや美しさもまた川の流れに浮かぶ泡《うたかた》の如《ごと》くに、生じてはまた消えてゆくもののひとつなのでしょう。

秋《とき》の逝《ゆ》くことのなんと不思議なことでございましょうか。

ただいたずらに齢《よわい》を重ね、わたくしの髪も夜の雪の如くに白くなり、身体も衰《おとろ》えて、今は日々の立居《たちい》振舞《ふるまい》すらも思うにまかせぬありさまでございます。

今さらながら、過ぎゆく秋の疾さにおどろかされるばかりでございます。

さて――

今は、もう、昔のこととなってしまいましたが、染殿《そめどの》のお后《きさき》さまにまつわるあの忌《いま》わしい風聞につきましては、誰もが耳にしたことくらいはおありであろうと存じます。あれは、貞観《じょうがん》七年、清和《せいわ》天皇の御時《おんとき》でありましたから、四十五年近くも昔のことになりましょうか。

大きな声で語るには、あまりにもはばかられる出来事のため、こういった噂話《うわさばなし》には口さがない方々ばかりの宮中でも、これを表立《おもてだ》って口にする者はございませんでした。公の席では、皆、顔色にも出しませんでしたが、しかし、陰では知らぬ者のないほどに、このことは人々の口《くち》の端《は》にのぼっていたのでございます。

わたくしが、生命《いのち》あるうちに、このことを語っておこうと決心いたしましたのも、あの頃、あまりにも多くの噂が流れてしまったため、起こったことの本当のところが見えなくなってしまっているからでございます。そういう噂の中にはもちろん事実もございますが、あの時の鬼がどれほどに恐ろしいものであったかとか、お后さまのお姿がいかほどにあさましきものであったかが話題となって、あれが実はどのようなできごとであったのかという、事の本然《ほんねん》がどこかへ忘れ去られてしまっているからでございます。

染殿のお后さまも、すでに十年前にお亡くなりになられ、このことにお関わりになられた方々もこの世を去られ、当時のことを直《じか》に知る者と言えば、今はわたくしひとりとなってしまいました。

この生命があの世へ旅立つ前に、このことを皆さまに申しあげておくのはわたくしの務めであると考えておりますれば、最後までお聴きいただければ、お后さまのお傍《そば》近くに仕《つか》えてまいりました者として、この百済継子《くだらのつぎこ》望外の喜びにございます。

二

染殿のお后さまと言えば、清和天皇の御母君《おんははぎみ》に当たられるお方で、関白太政《だいじょう》大臣藤《ふじ》原良房《わらのよしふさ》公の御娘《おんむすめ》でございました。文徳《もんとく》天皇のお后で、御名を藤原明子《ふじわらのあきらけいこ》とおっしゃいましたが、染殿にお住まいになられていたことから、染殿の后と呼ばれるようになったのでございます。

染殿というのは、四坊《よんぼう》六、七町にわたる良房公の御邸《おんやかた》で、庭も池もまことに興深《おもむきぶか》く、花の頃や紅葉《もみじ》の頃、おりにふれてはやんごとなき方々が集《つど》って、歌の会やら宴《うたげ》やらを催《もよお》すこともよくございました。後に、七町の南半分を清和天皇に譲《ゆず》られましたが、今なお名邸《めいてい》として都に御邸が残っておりますのは御存じの通りでございます。

染殿のお后さまは、たいへんな御器量の持ち主で、その御形《おんかたち》の美麗なること、この世のものとは思われぬほどでございました。肌は滑らかによく磨《みが》かれた、艶《なまめ》かしい白い玉《ぎょく》のようであり、そのふっくらとした赤い唇は、いつも天上の甘露を含んでいるように、ほんのりとした笑みを浮かべていらっしゃるのでした。人ならずとも、天地《あめつち》の間にある木石《ぼくせき》の精霊や、魑魅《ちみ》の類《たぐい》までもが、姫の美しさには心を奪われたことでございましょう。姫さま御自身にも、人の眼には見えぬものが見えていたのでしょうか。春先に簀子《すのこ》にお座りになって、御庭などを眺めておられる時などにも、見えぬものが空中を動いてゆくのを追うように、眼をあらぬ彼方《かなた》にふっと動かされることもよくございました。そこに何かいるのか、庭の石や、松の樹の陰などを、いつまでも長い時間、ずっと見つめていらっしゃることなどもよくあったのでございます。

そのためか、物《もの》の怪《け》を煩《わずら》われることなども度たびございました。

貞観七年に、件《くだん》のできごとが起こったのも、そもそもは、姫が物の怪を煩われたのが始まりであったのです。

お后さまの御年三十七歳の春であったと覚えております。

そのような御歳であるとはいえ、姫さまの美しさは、いよいよの盛りをむかえた花のようであり、傍にいらっしゃると、たわわに咲いたかぐわしい大輪の牡丹《ぼたん》の花がそこにあるようでございました。わたくしは、その時まだ二十歳ばかりであったのですが、そのわたくしと幾らも歳が違わぬように見えました。

さて——

姫さまに憑《つ》いた物の怪のことでございます。

その年の春先あたりから、姫さまの立居やお振舞、おしゃべりになることなどがどこかおかしくなったのです。

昼に眠り、夜に起きるようになって、お口になさる食べ物にも好き嫌いが激しくなり、身なりにもかまわぬようになってしまわれました。

ある晩などは、姫さまの御姿が見えなくなったので、一同で捜しましたところ、姫さまは庭を四つん這《ば》いで歩いておられ、なんとその口にまだ生きた鼠《ねずみ》を咥《くわ》えられていたことなどもございました。

何かの妖《あや》しの怪《け》が取り憑いたに違いないということで、霊験著しいと言われる僧や験者を召して、御祈禱《ごきとう》をし、様々の修法《しゅほう》を行なったりしたのですが、少しもその験《しるし》はありませんでした。

困り果てていたところ、大和の国は葛木山《かつらぎさん》に、ひとりの尊い聖人《しょうにん》がお棲《す》まいになられているという噂を聴きおよんできた者がございました。

葛木山の南方に金剛山《こんごうさん》というところがあり、そこに唐《とう》で修行を積んだ真済《しんぜい》さまというお聖人が、庵《いおり》を結んで今も修行をしておられるというのです。

腹がすけば、托鉢《たくはつ》に使う鉢《はち》を飛ばして里までゆかせ、それに食物を持ってこさせたり、喉《のど》が渇《かわ》けば瓶《かめ》を飛ばして水を汲《く》んでこさせたりしているというのです。

たいへんな験力《げんりき》の持ち主であるとの評判でございました。

文徳天皇も、お后の父君の良房公も、これを聴き及び、さっそく真済聖人を召し出そ

うとしたのですが、

「まだ修行中の身なれば、そのような大役、とても務めかねます」

このようにお答えになって、山を下りてこようといたしません。

断られれば、なおさら気になってくるというのが人情でございます。

「尊い御聖人であればこそ、謙遜《けんそん》なさってあのような御返事をなさっているに違いない」

主上《おかみ》も良房公も、断られれば断られるほど熱心にお願いするものでございますから、ついに真済聖人も断りきれずに山を下りることになったのでございました。

三

真済聖人は、山を下りられますと、さっそく染殿に入って加持《かじ》をなさりました。邸内に上がるといっても、姫さまは御簾《みす》と几帳《きちょう》の陰に伏せっておいでであり、直にその御姿が真済聖人の眼に触れるわけではありません。

真済聖人の修法が始まりますと、几帳の陰から、姫の悩ましい息づかいや、呻《うめ》く声が聴こえてまいります。

御聖人が、いよいよ念《こころ》を込めて加持をなさいますと、にわかに姫が苦しみ出し、狂ったように首を打ち振って、その口からはまるで男のような声が洩《も》れ出てまいりました。

「これ、何をするのじゃ」

怒って咎《とが》めるような口ぶりでございます。

「ええい、それをやめい。やめぬか、これ！」

大きな声で叫んで、ふいに姫は動かなくなり、そのお身体から白い煙のごときものが立ち昇ったかと思うと、その煙は、一番近くにいた侍女の身体の中にすうっと入ってしまったのでした。

すると、たちまちその侍女は立ち上がり、庭へ走り出てゆきました。

「それい」

庭にいた男たちが侍女を捕《とら》え、これを縛りあげますと、侍女は土の上に胡座《あぐら》をかき、吊《つ》りあがった眼で男たちをねめまわしながら、口から泡をふいているではありませんか。

そこへ、御聖人が庭へ下りてくると、侍女の前に立って、また何やら呪《しゅ》を唱《とな》えはじめました。

侍女は、がくんがくんと細い頸《くび》が折れそうなほど、首を上下に打ち振り、

「おきゃあ」

「おきゃあ」

と、赤ん坊か獣のような声をあげはじめたのです。

呪を唱えながら、御聖人が、右の掌《たなごころ》で、とんと侍女の胸を叩《たた》きますと、侍女は、そ

の口をかっと開き、そこから身の毛のよだつようなものを吐き出しはじめたのでございました。

不気味で毛むくじゃらなもの。

それは、一匹の、歳経《としへ》た老狐《ろうこ》でございました。

なんと、姫さまに憑いていたのは大きな一匹の狐であったのでございます。

出てきた老狐は、走って逃げようとしたのですが、たちまちのうちに家人《けにん》の男たちに捕えられ、縛りあげられて、庭の松の枝から吊るされてしまいました。

「姫に取り憑いていた憎《に》っくき狐じゃ。殺してしまえ」

「おう。下から火で炙《あぶ》って焼き殺してしまおう」

家人たちが言っているところへ、

「お待ちくだされ」

歩み寄ってまいりましたのは、真済御聖人でございました。

「畜生とは申せ、これだけの歳経た狐でございます。殺せば、それを恨んで、死したる後《のち》にあなたさま方や、姫さまに祟《たた》りをなすやもしれませぬ」

言われてみればその通りであり、この狐を殺してしまえと騒いでいた者たちが、御聖人さまの言葉を聞いて声を小さくしたのも、うなずけることでございました。

「では、いかがいたしますか」

「わたしがよく言い聞かせて、放してやることにいたしましょう」

御聖人が言えば、

「なるほど」

「ここは真済どのにおまかせいたそうか」

一同も納得してうなずいたのでございました。

御聖人は、さっそく老狐に向きなおり、

「これ、そなたも、それだけ歳経た身であれば、人の言葉もわかるであろう。今のを聞いたか——」

このように問えば、吊るされていた狐が、うなずくではありませんか。

縄を解いて放してやると、老狐は逃げてゆく途中、何度も振り返っては、礼を言うように御聖人さまに向かって頭を下げ、やがて、いずこともなく姿を消したのでございました。

「なんとも心優しきお方よ」

「さすがは、真済さまじゃ」

と、このように染殿の者たちは噂しあったことでした。

四

この話を聞いて、たいそう喜ばれたのが、帝《みかど》と、良房公でございました。

「真済どのにおかれましては、ぜひともしばらく当屋敷におとどまりになって、くつろいでいって下さりませ」

良房公がこのようにおおせになりますので、真済聖人さまも、何日か染殿にとどまることになったのでした。

さて、あらためて申しあげることでもありませんが、実は、これまで真済さまは、染殿のお后さまの御姿を見たことは、一度もなかったのです。御祈禱の最中も、姫は常に御几帳《みきちよう》の陰におられて、御聖人さまにはその御姿《おすがた》を見ることはできなかったのでした。

真済さまには、何日か染殿でおくつろぎいただき、ではいよいよ明日にも葛木山にお帰りになろうかという時、御聖人が姫のお近くを通りかかったことがございました。

もちろん、真済さまと姫の間には御几帳があったのですが、たまたま風が吹いて、御几帳の帷子《かたびら》がひるがえり、その向こうにいた姫さまの御姿《おんすがた》を、露《あら》わにしてしまったのでございます。夏のこととて、姫さまは単衣《ひとえ》のお召しものだけを身につけていらっしゃるばかりであり、これを真済さまは御覧《ごらん》になってしまったのでした。

明日は帰ろうとおっしゃっていた御聖人さまが、いざその日になってみますと、

「今日は日が悪い故、もう一日当屋敷にいさせてはもらえませぬか」

このように言い出して、御滞在を一日先に延ばしたのでござります。

そして、また一日たつと、

「もう一日」

また日がたつと、

「もう一日」

かようなぐあいに、真済聖人さまは、御滞在を一日延ばしにするようになったのでした。

姫さまの恩人《おんじん》であり、真済さまのような験力のある御聖人が屋敷にいらっしゃるというのは良房公にとってもありがたいことであり、屋敷の人間がひとり増えたからといって、困るようなことがあるお方ではありませんでしたから、良房さまもそこはこころよく真済さまの滞在をお許しになっていたのでした。

しかし、御聖人さまが、染殿におとどまりになったのは、染殿のお后——姫さまの御姿を御覧になってしまったからでございました。

舞いあがった垂絹《たれぎぬ》の陰にほんのわずかにかいま見えた姫の御姿に、真済さまは、心を奪われてしまったのでございます。

〝見も不習《ならは》ぬ心地に、此《か》く端正美麗《たんじやうびれい》の姿を見て、聖人忽《たちまち》に心迷《こころまど》ひ肝砕《きもくだけ》て、深く后に愛欲の心を発《おこ》しつ〟

と、宮中の御物語《おんものがたり》にあるは真《まこと》でござります。

これは、初めて申しあげることでございますが、わたくし、ある夜、ふと目覚めて、眠れぬままに庭へ出たことがございましたが、そのおり、奇妙な人とも獣ともつかぬ呻き声のようなものを耳にいたしました。

不思議に思ってその声の方へ足を忍ばせてゆきますと、なんと、姫さまの御寝所に近い庭の土の上に座して、月光の中で声を殺して哭《な》いている者がございました。見れば、それは、真済御聖人さまであり、この時はいったい何ごとかと思って誰にも言わずにそのままにしていたのですが、今思えば、あれは、御聖人さまが、姫さまを想うあまりの御心の苦しみに耐えていらっしゃるお姿であったのだろうと思います。

それにしても、真済聖人さまほどのお方でも、心を奪われてしまうくらいに、姫さまのお美しさが尋常ではなかったということなのでしょう。

古《いにしえ》の物語に、天を飛行中の仙人が、女の脹脛《ふくらはぎ》を見て通力を失い、地に落ちてしまったという話がありますが、それは真のことでございましょう。

〝思ひ煩《わづらひ》て有るに、胸に火を焼くが如《ごと》くにして、片時《かたとき》を思ひ遇《すぐ》すべくも不思《おぼ》えざりければ、遂に心澆《こころあは》で狂《くるひ》て、人間《ひとま》を量《はかり》て、御帳《みちやう》の内に入りて、后《きさき》の臥《ふさ》せ給《たま》へる御腰《おほんこし》に抱付《いだき》きぬ〟

想いはつのるばかりで、聖人さまは片時《かたとき》たりとも姫さまのことを忘れることができません。

胸に火を焼くようでございましたが、相手は帝の御后《おんきさき》でございます。たとえ、真済さまが、僧という身分を捨てたところでどうなるものでもございません。

想い煩うあまりに、ついに真済さまは狂ったようになってしまいました。

ある時、人目のない時を選んで、御帳の内に入り込んで、真済さまが、お休みになっていた姫の御腰《おんこし》に抱きついてしまったのは、御物語の伝える通りでございます。

姫さまは驚いて眼をお覚ましになられましたが、見れば、なんと自分に抱きついているのは、あの、自分を憑き物から救ってくれた真済さまでございます。

「あれ、どうなされました真済さま。御心《おこころ》をたしかに――」

そう申しあげても、真済さまの手の力のゆるむことはございません。

あの徳の高い、凜々《りり》しい御姿の真済さまは、もうそこにはございませんでした。

真済さまは、息を荒らげ、眼を獣の如くに光らせて、

「申しわけございませぬ。浅い修行とお許し下され。仏の道も、人の道も捨てました。ただの一度、この想い遂《と》げることかなえば、もう、この生命もいりませぬ。地獄にもまいります」

さらにあらん限りの力を込めて、お后さまの御身体を抱きしめてまいります。

わたくしたちは、どうすることもできずに、そこでおろおろとするばかりでございましたが、たまたま、近くにおられたのが、侍医《じい》の当麻鴨継《たいまのかもつぐ》さままでございました。

帝よりの宣旨《せんじ》をうけて、姫の御療治《ごりようじ》のためにいらしていたのですが、この鴨継さまが騒ぎを聴きつけて、姫さまのもとまで駆けつけてきて下さったのです。

見れば、真済聖人さまが、姫さまの上に覆い被《かぶ》さって、今しも想いを遂げようとしているところでございました。

「何をなされまするか、真済殿」

大きな声で叫び、真済さまの腕をつかみ、

「お気は確かか」

その身体を、お后さまからおひきはがしになりました。

「邪魔をなさるか、鴨継殿」

ふたりが争っているところへ、家人たちがようやく駆けつけて、真済聖人さまは、取り押さえられてしまったのでした。

これを耳にして、帝も、良房さまも、たいへんに腹をたてられたのは、言うまでもありませんでした。

ただちに真済さまを搦《から》めて、獄屋《ひとや》に被禁《いましめ》てしまったのでした。

「いくら恩人とはいえ、帝のお后さまに手を出そうとするなど、とんでもない坊主だ」

「首を刎《は》ねてしまえ」

さんざんにののしられたのですが、真済さまは、ひと言の申し開きもせず、天を仰いで血の涙をお流しになり、

〝我《われ》忽《たちまち》に死《しに》て鬼と成《なり》て、此后《このきさき》の世に在《まし》まさむ時に、本意《ほんい》の如く后に陸《むつ》びむ〟

「我はここでただちに死んで鬼となり、この后が世にあるうちに、我が望み通り后と情《なさけ》を通《つう》じてみせようぞ」

このように言ったというのでございます。

獄屋の役人はこれを耳にして、ただちに良房公に、このことを報告いたしました。

大臣《おとど》は、これを聴きて驚き、

「なんと、真済がそのようなことを申しておるか」

さっそく、このことを帝に奏上《そうじょう》なされたのでございました。

真済聖人の験力の優《すぐ》れたることは、すでに方々の御承知していらっしゃる通りでございます。

死ねば、その言葉通りに鬼となって、お后に祟らぬとも限りません。

「そう言えば、真済は、姫より狐を落とした時にも、同様のことを言うていたではないか――」

「狐を殺せば、後に祟ることもあるかもしれぬと言うて、あれを放してやったことだな」

そういうことを思い出すにつけ、捕えてはみたものの、帝も良房公も、真済さまが恐ろしくてならなかったのでございました。

「こうなったら、狐の時に、真済がしたように、真済自身を免《ゆる》してやるのが得策ではないか」

「なるほど」

ということになって、真済聖人は死罪をまぬがれ、放免されて、葛木山に帰っていったのでございました。

五

しかし、山に帰りましても、真済聖人の御心からは、染殿のお后さまのことが離れませんでした。

その御姿を見たばかりでなく、そのお身体にも手を触れ、肌の滑らかさも血の熱さも今はその指先が覚えているのでございました。

いよいよ想いはつのり、思い出すのは、あの時の、気も狂わんばかりの、姫の髪の匂《にお》いや、息の匂い、そして肌の温《ぬく》もりや、肉《しし》の重さでございます。

「想いを遂げられれば、あの時あそこで死んでもよかった」

それは、本当のことでございました。

その寸前に、当麻鴨継が邪魔をしたのです。

「おのれ、鴨継……」

歯をきりきりと鳴らしても、庵の外には、風が松の葉を吹く音が響くばかりでございます。

もう、鉢を飛ばして食を得ることもできなくなっておりました。

瓶を飛ばして、水を汲むこともできません。

これまでの一生を費やして修行してきたことの全てが、ただひとりの女の姿を見たために消え去ってしまったのでした。

どのような通力も、今は真済聖人にはございませんでした。

「いったい、我が一生は何であったのか」

身体の中に、外と同じ風が吹き抜けるようでございました。

それが、不思議とさばさばした気分のようにも、御聖人には思えたのでした。

もう、人の道も、仏の道もございません。

あるのはただ、体内にあかあかと燃える、染殿のお后さまへの想いばかりでございます。

いきりたったものを、自らが手で慰めたことも、日に幾度もあったのでした。

願いは、ただただ、お后さまと想いを遂げることのみでございました。

しかし、それは、現世においてはとても叶《かな》うことではありません。

なればいっそ――

この世で叶わぬのなら、いっそ死してこの想いを遂げようか。

されば――

「本《もと》の願いの如くに、鬼と成《な》らん」

真済聖人は、ついにこのように決心をなさったのでございました。

「鉢も飛ばせず、瓶も飛ばせぬようになった今となってはちょうどよい」

真済聖人は、食を断ち、水も飲まずただ一心にお后のことを想い、鬼になることを念じて、座り続けたのです。

動かず、大小のものも、その場でお流しになり、念仏のかわりに、お后の御名を唱え

とでございました。

後のことでございますが、かなりの年が経ってからこの庵を訪れた者の話では、そこには、干からびて、猿のように小さくなって座している、御聖人の屍《むくろ》があったということでございました。

そして、真済聖人は、十日後に、飢えてそこに死したのでございました。

たのでした。

六

あれは、桜の頃でございましたでしょうか。

まさか、あのようなことが起こるとは、夢にも思われぬような、よく晴れた日のことでございました。

染殿のお后さまは、御几帳の向こうでお休みになっておられ、わたくしは、簀子《すのこ》の上に座して、散りかけた御庭の桜を眺めておりました。

ちょうど花の盛りでございまして、みっしりと咲いた花びらの重さで、桜の枝が垂れて下がるほどでございました。

風はございませんでしたが、まるで自らの重さに耐えかねたかのように、花びらが枝から離れてゆくのです。陽差《ひざ》しの中で、しずしずと花びらが散り落ちてゆくのを眺めているというのは、まことに風情のあることでございました。

と——

その時、ふいに、どこからか俄《にわか》に強い風が吹いてまいりまして、ざあっと桜の枝を揺らしたかと思うと、花びらを天に巻きあげたのでございます。

轟々《ごうごう》と風が桜の枝を揺すり、見あげれば、無数の花びらが青い虚空に舞いあがってゆくのです。

何とも言えぬ美しい光景でございました。

その舞ってゆく花びらを空中でさらに巻き込むようにして、天から黒雲が湧《わ》きあがったのはその時でございました。

あれ——

そう思っておりますうちに、黒雲は花びらをからめとりながらみるみるうちに大きくなって、染殿目がけて降りてくるではありませんか。

その黒雲が庭に落ちたかと見えた時——

なんと、その黒雲の中に、桜の花びらを身にまとわりつかせた黒い鬼が立っていたのでございます。

膚《はだ》の黒きこと、漆《うるし》を塗りたるが如《ごと》く、目玉《めだま》は鋺《かなまり》を入れたるが如くにして、頭《かしら》は禿《かむろ》の如く童髪《どうはつ》でございました。

身の長《たけ》、およそ、八尺《はつしやく》余り。

かあっ、
と開いた口を見れば、剣《つるぎ》の如くに歯が生《お》い、伸びた牙《きば》を上下《うえした》に食《く》い出しております。赤き裕衣《たふさぎ》を掻《か》き、腰には巨《おお》きなる槌《つち》を差しておりました。

わたくしも、他の者たちも、これを見た者は、皆、魂《たましい》を失い心を迷《まど》わして、倒れ伏したり、逃げ出したりいたしました。

しかし、この鬼は、逃げ迷《まど》う者たちの誰も眼に入らぬ様子で、悠然と歩き出して簀子の上にあがり、腰をぬかしているわたくしの前をつかつかと通り過ぎて、お后さまのお休みになっていらっしゃる御几帳の向こうに入っていったのでございます。

女房たちも、ある者は絶《た》え入り、ある者は衣《きぬ》を被《かぶ》って臥《ふ》せており、さらには御几帳より先は、お后さまのお声がなければ疎《うと》き者たちは参《まい》り入《い》らぬ所でございますので、この後、鬼が何をしたのか見た者は誰もございませんでした。

わたくしは、てっきり、姫さまも鬼を見てお騒ぎになるものと思っていたのですが、御几帳の向こうからは、悲鳴も何も聴こえてはまいりませんでした。かわりに、聴こえてまいりましたのは、さめざめと啜哭《すすりな》く鬼の声でござりました。

「お久しゅうございます。葛木の真済《しんぜい》でござります。お逢《あ》いしとうござりました……」

なんと、この鬼は、あの真済聖人さまの変わり果てたお姿であったのでございます。

かつて、捕われの身となっていたおり、御本人が言っていた通りに、真済さまは、鬼となってその想いを遂げにもどってきたのでした。

「日々、臓物《はらわた》を生きたまま犬に啖《く》われる思いでござりました」

別れてからの毎日、姫のことを想わぬ日はなかったと、鬼は涙ながらにお后さまに訴えているのでした。

「姫のお身体も、その息も、声も、唇も、その匂いも、恋しくて恋しくてなりませんでした――」

苦しや、切なや、と鬼が言えば、

「それは、さぞおつらかったことでございましょう」

などというお后さまの声が聴こえてくるではありませんか。

その声には、少しも鬼を恐がっている様子はございません。

「そなたが愛《いと》しいあまりに、わたしは焦がれ死にをして、鬼になってしまったのだよ」

鬼の息が荒くなっておりました。

「ああ、姫よ、姫よ、もう私は我慢ができない。そなたを、喰《た》べてしまいたいくらいなのだよ」

「ああ、喰べて下さいまし。全部喰べて下さいまし」

お后さまの声も荒くなっておりました。

「なんと、鬼のお姿に――」

お后さまは、すっかり鬼に心を移されていらっしゃるようでございました。

そのうちに、衣擦《きぬず》れの音がして、姫さまがそのお身体に纏《まと》われていたものをお脱ぎになられたのがわかりました。

しばらくすると、御几帳の向こう側から、姫さまの啜りあげるような声や、高い喜悦の声が響いてまいりました。

「ああ、このようにしたかったのだ。そなたをこのようにしたかったのだ、姫よ」

「して下さりませ。いかようにも存分になされて下さりませ」

お后さまの、あたりをはばからぬ、絶えだえの声が届いてまいります。

「たまらぬ……」

「あれ、またそのような……」

こうして、ふたりしてさんざんにお声をお出しになられ、やがて、静かになったかと思うと、鬼が御几帳の陰より出てまいりました。

簀子の上で立ち止まり、

「あとは、あの時邪魔をした鴨継《かもつぐ》めじゃ」

そうつぶやいたかと思うと、黒雲に乗って、鬼は姿を消してしまったのでございました。

お后さまはと言えば、鬼の姿が見えなくなってから、衣《きぬ》を召《め》して御几帳の陰より出てまいられたのですが、それが、何事も起こってはいなかったかのように、あんまりいつもと同じ御様子なので、わたくしたちは今何があったのかを、お后さまに申しあげるにも申しあげられなかったのでございました。

もしも、このまま二度とあの鬼が来ることがないのなら、そして、お后さまが、何も覚えておいでではないのなら、何も言わずにおこうと、ひそかにわたくしたちも心に決めていたのでございます。

ところが――

その翌日、鴨継さまがお亡くなりになられたという噂が、この染殿まで届いてきたのでございます。

なんでも、いつもは朝がお早い鴨継さまが、昼近くになっても起きていらっしゃらないので、お屋敷の方が様子をうかがいに行ったところ、鴨継さまは、夜具の中で、ねじ切られた御自身の首を胸に抱えて死んでいたというのです。

ああ、これはやはり、真済御聖人の鬼の仕業であろうかと、染殿では皆で噂しあったのですが、これも、姫さまのお耳には誰も入れなかったのでございました。

それから数日もたたぬうちに、何人かいらっしゃった、鴨継さまのお子たちも皆、急に物狂《ものぐる》いされて、お亡くなりになったということでした。

染殿では鬼が去ってから、二日、三日と何事もなく過ぎたのですが、いよいよ桜が繁《しげ》く散り始めた頃、またもや風が起こり、黒雲とともに、あの鬼が姿を現わしたのでございました。

鬼が庭に降り立ちますと、お后さまは御几帳の陰から、簀子の上に姿をお現わしになり、さも愛しそうに微笑《ほほえ》まれて、

「お待ち申しあげておりました」

などとおっしゃるではありませんか。

お后さまは、御自《おんみずか》ら鬼の手を引いて御几帳の陰にお入りになり、また、あられもないお声を、おあげになられはじめました。

皆はおろおろとするばかりで、どうすることもできません。

すると――

「ちょうど桜の頃じゃ」

鬼の声が聴こえてきたかと思うと、ふたりは、衣のひとつも纏わず、この世にお生まれになった時の姿のまま御几帳の陰から出てまいりました。

そのまま、ふたりして、はらはらと散る桜の木の下までゆき、そこでまた、おふたりだけでするあのことを始められたのでございました。

黒雲を地に這わせながら、その中で、

「愛しい姫よ、これが欲しかったのかい」

と鬼が言えば、

「欲しゅうござりました。死ぬほど欲しゅうござりました」

姫さまはその黒々とした大きなものに頬《ほお》ずりをしたり、愛《いと》おしそうにそれにお口をお使いになられたりするのでございました。

鬼魂《おにたま》が、お后さまを恍《ほ》らし狂わしたてまつりたれば、姫さまは、人目があるもはばからず、自らの細い指でその大きなものを握られて、御自身のやんごとない場所にお納《おさ》めになり、上になっていよいよ激しくその細いお腰をお使いになったりなされたのでした。

その上に、はらはらと桜の花びらが散りかかります。

わたくしたちは、それを見守るだけで、どうすることもできなかったのでございます。

七

それからというもの、昼となく、夜となく、鬼は毎日のように姿を現わしては、お后さまとあられもないあさましい恥態を演じては帰ってゆくようになりました。

鬼が姿を消せば、姫さまは何事もなかったようなお顔でけろりとしていらっしゃるので、

「お后さまは、やはり何も御存じないに違いない」

「ならば、無理に鬼のことをお話し申しあげるのは、ひかえるべきではないか」

わたくしたちは、このことを、姫さまにも主上《おかみ》にも申しあげなかったのでございます。

しかし、もともと、隠しおおせることでもなく、結局、これは、主上の知ることとなったのでございました。

主上は、驚き、たいへんこのことについては御心を痛め、何人もの陰陽師《おんみょうじ》や僧に祈禱をさせたりしたのですが、いっこうに効き目がありませんでした。

「どうすればよかろうか」

主上や良房公をはじめとして、やんごとない方々が集まって、お后さまのことを相談いたしましたところ、

「なれば、叡山無動寺《えいざんむどうじ》の、相応和尚《そうおうおしょう》がよいのではないか」

このように申す方がおられました。

「どういうお方じゃ」

それを聴いた者が問えば、

「ほれ、あの、不動明王に背負われて、都卒天《とそつてん》までゆかれたと噂のある和尚殿じゃ」

「おう、あの方か」

うなずく方もいらっしゃったのでございます。

話に出た不動明王の話というのは、おおよそ次のようなものでござります。

相応さまでござりますが、この和尚さまは、かつて、比良山《ひらさん》の西、葛川《かつらがわ》の三滝にある、

北嶺山息障《ほくれいさんそくしよう》明王院葛川寺をお開きになり、そこで修行されていたことがございました。

そのおり、不動明王像に祈って言うには、

「どうか我を背負うて、都卒天の内院におられる弥勒菩薩《みろくぼさつ》さまの御許《おんもと》まで、連れて行《ゆ》き給《たま》え」

と。

すると不動明王像が眼を開き、

「さても難儀《なんぎ》な願いごとじゃ。そもそも菩薩のおわす都卒天へは、他力で行く所にあらず。自身の修行と徳とによって、行くべき場所なれど、そなたのたっての頼みとあらば行ってやろうではないか――」

このように言ったというのです。

「では、そこでよく尻を洗ってまいれ」

と不動尊が言うので、滝でよく尻を洗ってくると、明王がひょいと相応和尚を肩車に乗せて、たちまちに都卒天まで登って行ったのでございました。

内院へと通ずる門までやってくると、その門上に額があって、そこに〝妙法蓮華《れんげ》〟と書かれております。

それを見て、明王が言うには、

「これへ参入の者は、この『法華経《ほけきよう》』を誦《ず》して入れ。誦《ず》せざれば入らず」

と。

「我は、この経は読むことは読みまするが、諳《そら》んじて誦すことは、いまだかないませぬ」

相応和尚が言えば、

「さては口惜《くちお》しきことなり。その儀《ぎ》ならば参入かなうべからず。帰りてこの経を誦することができるようになりて後《のち》、また参《まい》りたまえ」

このように明王がお答えになって、相応和尚はそのまま泣く泣く明王に背負われてもどってきたのでした。

それから、相応和尚は、一心に修行して、あの大部《たいぶ》になる『法華経』を諳んじて誦することができるようになり、本懐を遂げられて、不動明王に背負われて都卒天まで行くことができたというのでございます。

「どうじゃ」

と、相応和尚のことを口にした者が問えば、

「う、うむ」

気が乗らぬように声をあげる者もおります。

「どうした？」

「その相応和尚じゃが、そういう評判も聴くが、実は朝のお勤めもまともにはせず、い

つも眠ってばかりであるとの噂も耳にしておる。そもそも『法華経』を誦することもできずに、都卒天まで行こうと思われたことがいいかげんではないか」

「しかし、不動明王が和尚を背負われたのだぞ」

「まさか、木の像が動き出して、人を都卒天まで本当に連れてゆくというのか」

「いずれにしても、かような噂が出るほどには、優れた験力をお持ちであるということではないか」

「しかし、真済聖人のように、その相応和尚までもがまた怪《あやし》のものとなってしまうということはないのか」

「それを言い始めたら、誰も頼みにできなくなってしまうぞ」

様々に話が出たのですが、結局、相応和尚さまに、お后さまの祈禱をお願いすることになったのでございます。

こうして、使いの者が叡山無動寺まで出かけて行ったのですが、

「いやいや、とてもそのようなこと、わたしの任ではございませぬ」

相応さまはこのようにおっしゃって、山を下りようとはいたしません。

「そのような祈禱など、わたしにできるわけもなく、あとでうまくゆかなかったことを責められるのでは困ります」

「いえいえ、もう何人もの僧や陰陽師がかなわなかったことでありますれば、相応さま

の御首尾がいかようなものであれ、とやかく言う者はござりませぬ」

使いに出かけた者も、必死でござりますから、手を合わせて伏し拝みます。

「主上も、今は、相応さまが頼りでござりますれば――」

このように懇願されて、ようやく相応和尚さまも、御決心なされたのでござりました。

「では、明日、まいりましょう」

八

翌日――

門の外で、訪《おとな》う者の声がいたしますので、染殿に仕える家人《けにん》が出てみますと、そこに汚い姿形《なり》をした僧がひとり立っておりました。

土埃《つちぼこり》にまみれ、垢《あか》じみた目の粗い信濃布《しなのぬの》を纏い、杉の平足駄《ひらあしだ》をはいた男で、手には木《もく》槵子《げんじ》の念珠《ねんじゅ》を持っております。

「何だか、汚らしい下種《げす》法師《ほうし》が来ておりますが――」

と、家人が報告をすれば、

「その方《かた》が相応和尚殿じゃ、さっそくお通しせよ」

とのことで、相応和尚さまは染殿にお入りになったのですが、その姿の汚いことは、聴いた以上でございました。

陰よりこれをごらんになった良房公も、

「なるほど、これは、不動尊も背負う前に尻を洗えと言うわけじゃ」

このようにおおせになったということでございます。

「これはとても、上にあげるわけにはゆかぬ。庭にて祈禱をせよ」

良房公がそのように言われまして、相応和尚さまは、御庭の土の上に座すことになったのでございました。

相応和尚さまは、座したまま、何の用意をするでもなく、何をするでもなく、ただぼんやりと庭や空などを眺めております。

時おりは、欠伸《あくび》などもいたしますものですから、たまに様子を見にやっていらっしゃる良房公も、

「これはもう、だめだ。鬼がやってくればひとひねりにされてしまうであろう」

と、半ばあきらめておいでてございました。

待つうちに、やがて、黒雲に乗って鬼がやってまいりました。

鬼は、庭先に座っておられる相応和尚さまに、庭石でも眺めるような一瞥《いちべつ》をくれただけで、すぐに簀子の上にあがり、御几帳の向こうに入っていってしまいました。

やがてまた、御几帳の向こうより、お后さまと鬼の、あられもない声が響いてまいりました。

それでも、相応和尚さまは、何をするでもなく、御庭に座したままでございました。

祈禱をなさるわけでもなく、加持《かじ》されるわけでもありません。

そのうちに、御几帳の陰より、鬼とお后さまが出てまいりまして、

「今日もまた、坊主がひとり来ておるので、我らが仲を存分に見せつけてやろうではないか」

階《きざはし》の上の簀子のあたりで、おふたりは激しく睦《むつ》びあい始めたのでした。

これをしばらく眺めていた相応和尚さまは、おもむろに立ちあがり、なんとふたりに背を向けて、門から出てゆこうとするではありませんか。

見ていた者が、相応和尚さまを追いかけて、

「いったいどうなされたのですか」

こう訊《たず》ねました。

すると、

「帰ります」

和尚さまが言われるではありませんか。

「何故、お帰りに?」

「あれはもう、救うとか救わぬとか、調伏するとかしないとか、そういうものではございませぬ。もはや、私の力のおよぶところのものではありません」

「どういうことでしょう」

「あれは、もう、そこらの木や石と同じものにてありますれば——」

「は?」

言われても、家人には、何が何のことやらわかりません。

「そこらの木や石を、加持や祈禱によってどうやって救うのですか。どうやって調伏するのですか」

かように相応さまは答えるばかりでございます。

「しかし、せめて、今日、一日だけでもいて下され」

そうでないと、呼んできた自分が困りますというので、相応和尚さまは、また、階の下にもどられて、そこの土の上に座したのでございました。

お后さまと鬼はといえば、さきほどより、身がひとつで背中がふたつ、手足が四本ずつある獣となって、階の上の簀子で恥態の限りを尽くしております。

これを、相応和尚さまは、下からただ凝《じ》っと眺めているばかりでございました。

そのうちに、相応和尚さまの眼から、涙がひとすじ、ふたすじと溢《あふ》れ出てまいりまして、その頬を伝いはじめました。

なんと、相応和尚さまは、鬼とお后さまの口にもできぬような御姿を眺めながら、泣いていたのでございました。

これに気がついて、鬼がお后さまのお身体をお放しになり、階の上より、相応和尚さまに声をかけたのでござります。

「これ、そこにいるのは何者ぞ。何故に、我らのことを見て泣くのだ」

「わたくしは、叡山の相応と申す者でござります」

と和尚さまが言われますと、鬼は驚いて、

「なんと、あの相応和尚殿がおまえか」

こう問いかけました。

「はい」

「何故、我らを見て泣くのだ」

「わたくし、六十年余りも生きて、未《いま》だに女というものを知りませぬ。御心《おこころ》のままに鬼となり、御心のままに惚《ほ》れた女《おなご》と睦び合うているあなたさまのお姿を見ておりまするうちに、なんともそれがうらやましく思われて、これまでのわたしの修行の日々は何であったのかと、自然と涙がこぼれてまいったのでございます」

鬼は、しばらくの間、上から相応さまを見つめておりましたが、ふいに、高い声でからから嗤《わら》い出しました。

「なんと――」

鬼は声をあげて、その眼から涙を溢れさせました。

「なんと、このおれが、あの相応和尚殿にうらやましがられたというか、このおれが――」

ひとしきり、鬼は泣きながら嗤ってから、

「これで、もう、思い残すことは何もない」

小さな声でつぶやきますと、お后さまの方に向きなおりました。

「姫よ、姫よ、これでおさらばじゃ……」

鬼は、そう言って、階を下りてゆき、そのまま門から外へ出て行ってしまったのでした。

そして、鬼は、もう、二度と姿を現わすことはなかったのでございました。

鬼が来なくなれば、お后さまはもとのままであり、また何事もなかったような日々が、染殿にもどったのでございました。

主上も良房公も、これをたいそうお喜びになり、相応和尚さまを僧都《そうず》に任ぜようとなされたのですが、

「かようなむさくるしい乞児《かたい》のわたくしが、どうして僧都になれましょうか――」

そう言って、これをお返しになられたのでございました。

「京は人を卑しゅうする所なり」

相応和尚さまが都の土を踏むことは、それから二度となかったということでござりま

す。

九

さて、これで、あのおり染殿のお后さまの身の上に起こったことのあらましは、皆さまにお話し申しあげました。

皆さまの御存じのこともあれば、そうではなかったことも、少しはあったと思われます。

あとは、最後に、わたくしとお后さましか知らないことについてお話し申しあげて、この物語を終《しま》いにしたいと思います。

今はもう、お后さまが亡くなられていることを思うと、これを知るものは、わたくしただひとりでござりますれば、このことをぜひとも皆さまに申しあげておきたく、この物語を始めたのでござります。

あれは、ちょうど、お后さまが亡くなられた年の春のことでしたから、十年前のことでござります。

お后さまの御歳《おんとし》が、七十二歳でございましたでしょうか。

ちょうど、あのことがあってから、三十五年ほどの歳月が経っておりました。

陽差しのあたたかな日でございまして、わたくしは、お后さまと、ただふたりで、簀子の上に座して御庭の桜のはらはらと散るのを眺めておりました。

静かな日であり、お后さまも、心からおくつろぎになっていらっしゃるのがわたくしにもよくわかりました。

お后さまは、時おりうつらうつらとされては、また眼を開き、桜の散るのを眺めておられます。

わたくしは、おくつろぎになっていらっしゃる姫さまの邪魔をせぬようにと、ただ静かに、声も掛けずにお傍《そば》に座しておりました。

すると――

「継子や……」

ふいに、姫さまが、わたくしに声をかけてまいりました。

「はい」

わたくしは、小さな声で返事をいたしました。

「あれは、ちょうど、こんな日だったたねえ」

「あれ?」

言われても、わたくしは、すぐには姫さまが何のことをおっしゃっているのかわかりませんでした。

「真済御聖人さまが、鬼になって、わたくしの許《もと》へ通われていた頃のことですよ」

そう言われて、わたくしは、びっくりいたしました。鬼がいなくなってから、姫さまはこれまでひと言もそのことをおっしゃられなかったからでござります。

わたくしたちも、そのことは姫さまにはいっさい申しあげませんでしたし、宮中の噂も姫さまの耳には入らぬようにしておりましたので、まさか、姫さまが、そのことを覚えておられるとは、その時まで、一度たりとも思ったことはなかったのでした。

「覚えていらしたのですか」

わたくしが訊ねますと、

「覚えてますとも」

はっきりと、姫さまはおっしゃったのでございます。

「覚えてますとも。あれから、三十五年間、一日たりとも、あの方のことを忘れたことはございませんよ」

「あの方？」

「真済御聖人さまのことですよ」

わたくしは、その時、言葉を失ってしまいました。

これまで、三十五年間ずっと、姫さまは誰にも言わずに、あのことを胸に秘めていらしたのでした。

「これまでの生涯で、いつが一番楽しかったかと問われれば、真済さまと睦び合うた、あの短かった日々をおいて他にありません」

「――」

「わたくしは、真済さまを、心からお慕い申しあげていたのですよ」

姫さまは、御庭の桜を見ながら、なつかしそうに微笑されました。

そして、それきり二度と、姫さまのお口から、あの日のことや、真済御聖人さまの名が出ることはなかったのでした。

それから、幾日もしないうちに、姫さまはこの世から去られたのでございます。

これが、皆さまに申しあげたかった、あの染殿のお后さまの風聞にまつわることの真相でございます。

姫さまは、心より、あの鬼の真済さまをお慕い申しあげていたのでござりました。

紀長谷雄《きのはせお》朱雀門《すざくもん》にて女を争《あらそ》い鬼と双六《すごろく》をする物語

一

本朝では、昔から、鬼と芸術家とは、仲がよかった。

鬼と芸術家は、一緒に酒を飲んだり、歌を詠んだり、詩を創《つく》ったりすることもあり、月の明かりける夜などには、ひと晩一緒に楽器を演奏したりもする。

ある時は友であり、またある時は芸事のライバルでもあり、敵《かたき》でもあった。芸術家の中には、時に、鬼によって啖《く》われたり殺されたりしてしまう者もいるが、これは、仲のよさの裏返しであろう。

仲がよいも何も、時には、芸術家が鬼そのものであったりもするのである。

絵仏師《えぶっし》の良秀《よしひで》という者がいた。

ある時、隣の家より火事が起こり、良秀の屋敷まで火が燃え移った。

良秀は逃げて、外へ出ることができたのだが、屋敷の中にはまだ妻や子供が残っている。

描きあがったばかりの仏画も、今は火の中である。

しかし、この良秀、泣き騒いだりせずに、嬉々《きき》として口元に笑みを浮かべ、自分の屋敷の燃えるのを眺めている。

それを見ていた近所の者が奇妙に思って、

「どうなされたか」

良秀に声をかける。

「これはもうけものじゃ。これまで、このおれは、なんと下手な絵師であったことだろう」

良秀が言えば、

「なんということを言われるのか。怪《あや》しいものでも憑《つ》かれたか」

近所の者があきれて言った。

これに、

「何条物《なんじようもの》の憑くべきぞ」

ものになぞ憑かれてはいないと良秀は声を高くして言い放った。

「これまで、おれは、不動尊の火焔《かえん》をなんと下手に描いていたのだろう。いま、この火焔を眺めるとそのことがよくわかる。火とはこのように燃えるものだったのだ」

「しかし、良秀殿、燃えているのはそなたの家ではないか」

この言葉を、良秀は、

「ふん──」

と鼻で嗤《わら》った。

「この道を立てて世にある以上、家など、よい仏の画を描けば、百でも千でも建てることができる。物を惜しむのは、おまえたちのように、能のないもののすることぞ」

まことに凄《すさ》まじいことを言ったものである。

これも、一種の鬼であろう。

良秀ほど極端な例はともかくとしても、絵を描いたり、詩を書いたりする人間の心の中には、何かしらの鬼が棲《す》んでいるものだ。

この鬼に、鬼が感応する。

村上天皇の頃、源博雅《ひろまさ》という笛の名手がいた。

ある月の明るい晩、博雅はただ独り、外へ出て笛を吹いた。心の趣《おもむ》くままに笛を吹きながら歩いてゆくうちに、朱雀門の辺りにさしかかった。すると、どこからか笛の音が聴こえてきた。どうやら、朱雀門の楼上で何者かが自分と同じように笛を吹いているらしい。たいへんに美しい笛である。

うっとりとなって、博雅はその笛の音に合わせて共に笛を吹いた。

翌晩、博雅がまた笛を吹きながら出かけてゆくと、やはり朱雀門の楼上から笛の音が響いて、博雅の笛に和してくる。この世のものならぬ音であり、一緒に吹いているとなんとも心地よい。東の空が明るむ頃まで、博雅は共に笛を吹いた。

こうして月の夜毎《よごと》に朱雀門まで出かけてゆき、博雅はその楼上のものと笛を吹き合った。

ある夜——

「どうじゃ、この笛を吹いてみるか」

楼上より、博雅に声がかかった。

「ぜひとも」

博雅が言えば、楼上より紐《ひも》に括《くく》られた笛がするすると下りてきた。

その笛を手にして、まだ下がっている紐に博雅が自分の笛を縛りつけてやると、紐がするすると上がってゆき、楼上の闇に消えた。

博雅が、取り替えた笛を吹いてみれば、あまりのすばらしさに、魂が笛の音とともに身体からとろけ出てしまいそうな心地がする。

楼上からは、博雅が先ほどまで持っていた笛の音が響いてくる。

こうして、夜毎に笛を吹き合ううちに、取り替えたままとなり、自然にその笛が博雅の手元に残ってしまった。

博雅が死して後、多くの者がこの笛を吹こうとしたが、この笛は鳴らなかった。後の世に、浄蔵という笛の名手が出て、この笛を吹いたところ、たいへんに良い音で鳴った。

「どうじゃ、朱雀門にてその笛、吹いてみぬか」

時の帝に命じられて、浄蔵は月の晩に朱雀門まで出かけてゆき、そこで笛を吹いた。

すると――

「その笛、なお逸物なるかな」

楼上より笛の音を讃《さん》する声が響いてきたという。

この笛は、胴の部分に二つの葉が描かれていた。ひとつは赤く、ひとつは青い。このことから、この笛は葉二《はふたつ》と呼ばれた。

また、朱雀門の鬼からもらった笛ということで、鬼丸とも呼ばれたという。

さらに源博雅の話を続ける。

やはり村上天皇の頃、玄象《げんじょう》という琵琶《びわ》の逸品《いっぴん》があった。

ある時、この玄象が、帝のもとより何ものかによって盗まれた。帝は哀しみのあまり御悩《ごのう》になられてしまった。人をやってあちこちと捜させたのだが、玄象の行方はわからない。

そういうおり、源博雅が宿直《とのい》をしていた晩のこと。

どこからか、琵琶の音が響いてきた。耳を澄ませてみれば、これが玄象の音である。不審に思って外へ出て、これをたどってゆくと、琵琶の音はどうやら朱雀門のあたりから聴こえてくる。『今昔物語集』によれば、これは羅生門であるが、『古今著聞集』などによると、これは朱雀門ということになっている。

朱雀門の下までやってきた博雅、しばらくその音に耳を傾けてから、

「もし、どなたがお弾きになられているのかは存じませぬが、それは帝が大切にされていた琵琶の玄象ではありませぬか」

楼上に声をかけた。

琵琶の音が止み、

「その声は、博雅だな……」

つぶやく声が聴こえ、やがて、するすると紐に結ばれた玄象が楼上より下ろされてきた。

これを源博雅が持ちかえった。

「これは定めて鬼の仕業であろう」

「玄象の音色のあまりのすばらしさに、鬼も思わず弾いてみたくなったのであろうよ」

「笛の名手博雅殿なればこそ、鬼も琵琶を返したのであろう」

宮中の者たちはこのように噂しあったということである。

鬼が、芸術と関わったのは、何も音楽ばかりではない。

和歌や詩などを解する鬼も多くいた。

上東門院《じょうとうもんいん》——藤原彰子《しょうし》が京極殿に住んでいた時のことである。

三月《やよい》の二十日あまりの頃、南面《みなみおもて》の桜が艶《えもいわ》れず美しく咲き乱れていた。

院が、寝殿からそれをごらんになっていると、階隠《はしがく》しの間《ま》のあたりから、感に堪えぬような、極《いみじ》く神《かみ》さびた声で、

「こぼれて匂ふ花ざくらかな……」

と詠ずる者があった。

これは、『拾遺和歌集』にある、

浅緑野辺の霞はつつめどもこぼれて匂ふ花ざくらかな

という歌の下の句である。

はて、今詠じたのは誰であろうかと、院は人をそこへやってみたが、誰もいない。

不思議なこともあるものだと思って、

「ただいまかようのことがございました」

関白殿に言えば、殿は、

「いや、実は、毎年桜の頃になると、よくあることなのだ」

とおおせになられた。

これもまた鬼であろうと言われている。

どうも、鬼という存在は、絵や音楽や、歌や詩が好きらしい。

文人と鬼との逸話も多い。

菅原文時《すがわらのふみとき》という文人がいた。北野天満宮に祭られている菅原道真《みちざね》の孫である。文章博士《もんじょうはかせ》。

たくさんの名文を書いた文章の達人である。

ある年、天下に疫病が流行《はや》って、多くの人間が死んだ。当時、病気というのは、物の怪が憑いたり、呪われたりするとなるものだと考えられていた。

疫病もまた疫病神——鬼神のせいであると人々は信じていた。だから、この神や鬼が家に入ってこないように、人々は家の前に疫除けの呪《まじな》い札を貼ったり、陰陽師に祈ってもらったりしていたのである。

ところが、その年の疫病は、どのような札も呪いも効き目がない。

そういう時に、ある男が夢を見た。

こういう夢である。

おそろしげな姿をした鬼たちが、都の大路小路を歩いている。

「あの家では、二人殺してやった」

「あちらの家では、三人じゃ」

「次は、あの屋敷でどうだ」

などと鬼たちが話をしているところをみれば、疫病神たちのようである。

鬼たちは、適当な家を見つけては、思いおもいにその家に入ってゆくのだが、一軒だけ、鬼たちが入ってゆかない家があった。鬼たちは、その家の前にやってくると立ち止まり、門から家を拝しては通り過ぎてゆく。

これを夢の中で見ていた男は不思議に思い、鬼たちに問うた。

「あなたたちは、どういうわけで、この家の前までやってくると、かしこまって拝してゆかれるのですか」

すると鬼たちは、真面目《まじめ》な顔で、ある文の一節を口にした。


朧山雲暗くして、李将軍の家に在り。


「これなる家には、この句をお作りになったお方が住んでいるのだ。どうして無礼《むらい》にて通り過ぎることができようか」

このように鬼たちは言ったという。

これが、菅原文時の家であった。

鬼が口にしたのは、「為二清慎公一請レ罷二左近衛大将一状」と題された、文時の文の一節である。鬼たちはよほどその文章が気に入っていたに違いない。鬼たちも、この文人の詩才を敬い、憑くことを避けたという話である。

また、都良香《みやこのよしか》という人物がいた。

学者であり、漢詩人である。

貞観十七年に文章博士となり、一方では『本朝神仙伝』中にも書かれているように、神仙道にも関わりがあった。

この良香が、琵琶湖の竹生《ちくぶ》島《しま》にある弁天堂に出かけたおり、そこで作詩をした。


三千世界眼前尽（三千世界は眼《まなこ》の前に尽きぬ）

と上の句を考えたのまではよかったのだが、下の句がどうしても思いつかない。

その夜——

眠っていると夢の中に弁才天が現われ、

十二因縁心裏空（十二因縁は心の裏《うち》に空《むな》し）

このように下の句を付けた。

この話が宮中に広まることとなって、

「さすがは都良香殿、弁才天までがその詩に下の句を付けにくるとはなあ」

「いや、それは弁才天ではあるまい。風流好きの鬼が弁才天の名を騙《かた》って下の句を付けたのであろう」

「いやいや、弁才天であろうと鬼であろうと、いずれにしても、都良香殿の詩の優れていればこそのこと」

人々はこのように噂し合ったということであった。

それが神であれ、鬼であれ、天地の精霊であれ、優れた作品は、相手の心を揺り動かさずにはいられない。

鬼も詩を作り、詩に感動する。

時には、鬼自らが詩を作り、なんとか人間にそれを誉《ほ》めてもらおうとする。

鬼は、誉めてもらいたくて誉めてもらいたくてたまらない。

時には、名のある文人に詩作の勝負を挑んで負けたりもする。

菅原道真は、きらびやかな言葉をつむぐ天才であった。時に、道真の作る詩句はその意味さえ消失し、純粋な言語の結晶のごとくに、きらきらと言葉のみが次々と増殖して、言葉が言葉を飾りたててゆくようなところがある。

自らを飾りたてた言葉に溺れるようにして、道真は失意のうちに左遷先の大宰府《だざいふ》で死に、そして自らが鬼そのものとなってしまった。

そして、道真は、時の朝廷に恐れられ、北野天満宮に、神として祭られることになってしまったのである。

政治家として道真を眺めた時、あるいはひとりの人間として道真を想う時、その晩年は哀れであり、涙を誘う。

文人。

鬼。

神。

しかし、この三つを、その身ひとつに受けたことを考える時、芸術家としては、道真は本望であったのではないか。

二

醍醐《だいご》天皇の頃——

三善清行《みよしのきよゆき》という文人がいた。

菅原道真と同時代の人物で、歳は道真より二歳ほど若い。

貞観五年に大学に入り、その十年後に文章生となった。受業師の巨勢文雄《こせのふみお》に推薦を受けて、その翌年には文章得業生《もんじようとくぎようしよう》に選ばれている。

元慶《がんぎよう》五年に方略試を受けているが、この時、清行は、問頭博士の菅原道真によって不第とされたが、その二年後に改判合格を認められている。

五十五歳で文章博士兼大学頭に任ぜられ、後に参議にまでなった。世に善相公《ぜんしようこう》と言われているのはこの人物である。

この三善清行という人物は、少し変った文人であった。

文人でありながら陰陽道にまで通じており、鬼とのつきあい方を心得ていた人物である。

この三善清行、かなり歳のゆくまで、自分の家というものを持っていなかったのだが、宰相となった頃、そろそろ自分の屋敷を持とうと考えていたところ、ちょうどよい家が見つかった。

五条堀川の近くに荒れ果てた古家があるというのである。荒れてこそいるものの家の造りは立派であり、広さも申し分がない。ただ、夜になると悪しきことが起こるのだという。

よからぬものの類がこの家に棲みついていて人を脅すため、人が住まなくなってしまったというのである。

「あの家はおやめになられた方が……」

周囲の者たちはそう言って止めたのだが、

「そういう家だからこそ、安く手に入れることができるのだ」

清行は少しもかまわない様子で、その年の十月二十日、酉《とり》の時に、車に乗り、薄縁《うすべり》一枚を持って、その家に入ってしまった。

庭に大きな松、雞冠木《かえで》、桜、常磐木《ときわぎ》などの老木が生え、そこに紅葉した蔦《つた》がからみついている。

まるで、山の中に入ったようであった。

その庭の中に、いつ建てたとも思えぬ、古い五間四面の寝殿が建っている。

地面を分厚く覆った苔《こけ》を踏んで寝殿に上り、階隠《はしがく》しの間《ま》の蔀《しとみ》を上げさせ、そこから中を覗き込むと、障子は破れ荒れ放題となっている。

そこの板敷の上を、供の者たちにかたづけさせ、きれいにしてからそこに薄縁を敷いて、清行はその上に座し、

「明日の朝早くに、やってこい」

そう言って供の者たちを皆帰してしまった。

清行は、ただ独りで南に向いて座し、その格好でうとうととまどろんでいた。

深更になったと思われる頃、上の方から何やらこそめく音が聴こえてくる。

見あげれば、天井の格子のひとますごとに人の顔が見える。

「ふうん」

と清行が見あげていると、いつの間にやらその顔が消え、次には南の庇《ひさし》の間の板敷を、長《たけ》一尺ばかりの武者姿の男たちが、馬に乗って西から東へ渡ってゆく。

その数、四、五十人ほどである。しかし、清行はこれを見ても驚く様子はない。

「なるほど」

うなずいてこれを眺めている。

武者たちが消えると、今度は塗籠《ぬりごめ》の戸が開き、そこから女がいざり出てきた。

居丈《いたけ》は三尺。

檜皮《ひわだ》色の衣《きぬ》を着て、髪が肩にかかっている。

上品そうで、肌の色も白く、清《きよ》げな姿をしている。

麝香《じゃこう》の香りに包まれており、その匂いが艶《えもいわ》れずに馥《こう》ばしい。

赤い色の扇で、眼から下を隠しているが、その眼がなんとも色っぽい。長い眼尻の端からこちらを眺めている。

「ほほう」

と清行が身を乗り出そうとすると、女が扇をのけて、隠していた鼻と口を見せた。

鼻は、高く、色が赤い。口は大きく左右に裂けていて、その両端に、四、五寸ほどの牙が、上下に喰い違って生えている。

「おう、これはおもしろいではないか」

清行の口には笑みが浮かんでいる。

女が、塗籠の中に姿を消すと、今度は、外の庭に、何やらの気配がある。

清行が見やれば、浅黄色の衣の上下を着た老翁がひとり、立っている。

「どうやっても、驚いてはいただけませぬようで——」

老翁は言った。

「何故、この家にやってくる者を脅そうとするのか」

清行が問えば、

「人がおらぬのを幸いに、ここに棲みついてから十年。たいへんに棲み心地のよい家でござりましたので、あらたにここにやってくる者たちがあれば、脅して出てゆくようにしていたのですが、実は、脅していたのはわたくしではなく、子供たちでござります」

このように老翁は答えた。

見やれば、老翁の足元の草の中に、動物の青い眼が、幾つも光っている。

「狐か」

「はい」

「この家は、持ち主から、わしが銭を払うて手に入れたもの。勝手に棲みついたおまえたちが、わしを脅して出てゆかせようというのは、道理からはずれている。おまえたちこそ、出てゆかねば、犬をこの庭へ放って、皆、喰い殺させるぞ」

「弁解の言葉もございません。しかし、それにいたしましても、あれだけのものにも動ぜぬとは、ただのお方ではございますまい。ぜひともお名をお聴かせいただけませぬか」

「三善清行というのが、わしが名じゃ」

「あなたさまが、三善清行さま。かねてよりお噂は耳にしております」

そう答えてから、老翁は、声を大きくして、次のような文章を朗唱しはじめた。

於レ是触レ物発レ感、見レ楽為レ哀
庾楼夜月、君翫レ之而添レ愁
矧薄暮之悲風乎
河陽春華、臣観レ之而増レ歎
矧窮秋之落葉乎

(ここに物に触れて、感《かん》を発《おこ》し、楽しみを見て哀しみを為す。庾楼《ゆろう》の夜の月、君これを翫《もてあそ》びて愁《うれへ》を添《そ》ふ。いはんや薄暮《はくぼ》の悲風《ひふう》をや。河陽《かやう》の春の華《はな》、臣これを観《み》て歎きを増す。いはんや窮秋《きゆうしう》の落葉《らくえふ》をや)

「どうしてそれを――」

「清行さまがお作りになった『詰眼文《まなこをなじるぶん》』から気に入ったところを朗《よ》ませていただきました」

相手が、人の姿をした老いた妖狐であれ、こう言われて清行も悪い気はしない。

「清行さまが、ここにお住まいになられるのであれば、喜んで我々も出てゆきましょう。つきましては、大学寮の南門の東に空いた土地がございますので、わたくしたちはそこに移ろうと思いますが、いかがなものでございましょう」

「なるほど、それはよい考えじゃ。一孫《いっそん》ひきつれて、速《すみ》やかにそこへ渡《わたる》べし」

「はい」

と答える老翁に合わせて、庭や家のあちこちから、

「おう」

と答える四、五十ばかりの声がして、わさわさと何ものかが、群れて家から出てゆく気配がする。最後の気配が消えると同時に、

「それでは」

と頭を下げた老翁の姿も見えなくなった。

こうして三善清行はその家に住むようになったという逸話である。

三

さて――

ここに、紀長谷雄《きのはせお》という文人がいた。

齢は菅原道真と同じであるから、つまり、三善清行よりは二歳上ということになる。

紀貞範の子で、長谷寺に祈って生まれた子であるところから、長谷雄と名づけられた。

十五歳で学問の道に入り、最初は都良香に師事したが、長い間不遇であった。

貞観十八年三十二歳の時に文章生となり、この頃、菅原道真の門に入った。

秀才である。

出世こそ遅れたものの、文章や詩を書かせたら当代随一とも言われた。

文章は、道真ほど装飾が過多でなく、かといって簡素に過ぎるものでもない。

道真と長谷雄が、他の何人かの文人と一緒に連句を作ったことがある。

まず一句目を、道真が、

　二藍経二一夏一（二藍《ふたあゐ》一夏《ひとなつ》を経《へ》たり）

と始めれば、これを受けて二句目を長谷雄が、

朽葉幾廻秋（朽葉《きうえふ》幾廻《いくめぐ》りの秋ぞ）

とつないだ。

道真が作ったのは、二藍の色の衣を一夏通して着ているという意味の句であり、連句の一句目としては、季節感もあり、次の句の趣向に道を作りながら、しかも、それを狭い範囲に限定していない。まことに、一句目としてはおさまりがよく申し分がない。上手に力を抜いているが、手練れの一句である。

詩の流れの勢いを二句目の長谷雄にまかせて、

「さあ、どうする」

お手並拝見という、道真の貫禄ある視線までが見えてきそうな句である。

これを、澄ました顔で長谷雄が「朽葉幾廻秋」と受けた。

〝二藍〟が〝一夏〟、二と一という組み合わせを意識して、長谷雄が、朽葉が朽ちずに幾回も秋にあうと洒落《しやれ》てみせたのである。

後は、

泡垂観薬口（泡は垂る観薬《くわんやく》の口）

貧負泰能肩（貧《ひん》は負ふ泰能の肩）
芸閣二貞序（芸閣《うんかく》に二《に》貞序《ていつい》づ）
蘭台八座賢（蘭台八座《らんだいはちざ》の賢《けん》）

こんなぐあいに泰能《たいのう》や斉名《ただな》といった他の文人たちが次の句を連ねてゆくことになるのだが、一句目と二句目、道真と長谷雄の感性から比べれば、凡庸の感はまぬがれない。

『江談抄《ごうだんしょう》』によれば、後の世になって、道真と長谷雄、このふたりを評して、菅原文時は次のように言ったという。

「いや、菅家（道真）の書かれたものは、亀甲《きっこう》を磨いて、それに金粉銀粉、五彩の色をちりばめたようなものだ。あれは才という以外にない。凡人の心力をもってしては、とても及ぶものではない」

それに比べてみるに、

「紀家（長谷雄）の文章は檜《ひのき》を磨いたようなものだ。余計な飾りはないが、これもまた美しい」

このように文時は言った。

「菅家のものは性《たち》であるから真似ることはできぬ。手本として真似るなら紀家のものであろう」

おそらく、長谷雄が生きてこれを聴いたら、かなりの不満の声を洩らしたことであろう。しかし、長谷雄は、その不満の声を誰にも聴こえぬように、ただ独りの時に洩らしたであろう。

「菅家の才も、自分の才も、どちらもそれは性によるものではないか。真似る真似られぬということでなら、どちらも同じのはずだ。文章とはそういうものなのだ」

長谷雄は、ある意味では道真よりはずっと情の強《こわ》い芸術家であった。

争いごとは好まず、他人の評は言わない。論争もしない。

どのような感情も、腹の中に溜《た》めて、詩作にそれを生かそうとする。

感情や哀しみが心の中に生まれた途端に、もう、それがきらびやかな言葉となって唇から洩れ出てしまう道真とは違う。

時に道真は、その言葉が自分の内部から溢れ出てくる快感に酔うために、哀しみ、涙し、拗《す》ねてみせたりしたのではないか。女《め》めしく拗ねながら、自分の傷口を五色の言葉の花びらで、治らぬように常に撫《な》でつけていた道真。

言葉で自らの存在を天に示さずにはいられない清行。

気は弱そうで、主張はしないが、実は三人の中では誰よりも情に強いものを持っていた長谷雄。

菅原道真。

三善清行。

紀長谷雄。

天は、まことに奇妙な三人の文人を、同時代に配した。

四

『江談抄』と『今昔物語集』によれば、ある時、紀長谷雄と三善清行が口論をしたという。

その口論の原因や内容を、この二書は伝えていない。口論といっても、ほとんど一方的に清行が長谷雄に対してしゃべりたてただけのようである。

まず、初めに清行はこのように長谷雄に対して前置きした。

「和主《わぬし》は、仮にも博士の名を持つ男ではないか」

「古来、唐《から》、天竺《てんじく》を通じて、無学の博士など聴いたことがない。和主をもって無学の博士の始まりとすべきであろう」

まことにもって、凄まじい言い方をしたものである。

過去、菅原道真によって一度試験を落とされている清行にとって、道真門下の秀才である長谷雄はたいへんに気に入らぬ存在であったことであろう。何かにつけて、論をふっかけていたのではないか。

清行は、道真の政敵とも言える巨勢文雄の門下にいる文人である。

ある時、文雄が清行を誉めて、その才能が同時代の者たちを〝超越〟していると書いた。

このことを道真が、

「超越ではなく愚魯であろう」

と嘲《わら》った。

こういうことがあっては、清行もおもしろかろうはずがない。道真に直接喰ってかかるわけにもゆかず、その弟子にあたるのもしかたのないことであろう。

ちなみに書いておけば、やがて、道真は政治的に失脚して、左遷されることになるのだが、そのおり、清行は右大臣であった道真に辞職の勧告をしている。

この時、誇りの高い道真は屈辱で腸《はらわた》のちぎれる思いをしたことであろう。格下の清行から、辞職を勧告されては、もう、生きてはおれないとまで思いつめたのではないか。

さて、清行と長谷雄のことだ。

頭からそこまで愚弄《ぐろう》されて、しかし、長谷雄はこの時、ひと言も反論をしていない。

かといってうなずくわけでもなく、ただ黙って、凝《じ》っと清行の言葉を聴いていたというのである。

これを評して、宮廷サロンのある貴族は、

「あれほど優れた学者である長谷雄に、あれだけのことを言えるとは、いや善相公はたいした人物ではないか」

このように言った。

これを耳にした学者の惟宗孝言《これむねのたかとき》という大外記《だいげき》は、

「いやいや、どちらが勝ったの負けたのと言うのは易《やす》いが、これは龍同士の咋《く》いふせあいなのだ。一方が咋いふせられたといっても、嚙《か》みふせられた方が弱いということではない。他の獣たちは、龍のそばにも寄れぬではないか」

このように言ったという。

これを聴いた者たちは、なるほどと思ったことであろうが、ひとりだけうなずかなかったのが、紀長谷雄本人であったろう。

「何故比べるのか――」

このように、ただ独りのおり、長谷雄はつぶやいたことであろう。

「龍であろうが、獣であろうが、どちらが勝っただの負けただの、世間はすぐに比べたがる。そういうことは、はっきりさせることではない。それを無理に比べるというのは下品なことだ。勝ち負けなどは、当人が腹の中でそっと思っていればいいことではないか――」

もちろん、長谷雄は、自分の方が上であると思っていた。
黙したままの長谷雄、なかなか業《ごう》が深い。

五

『長谷雄草紙』なる天下の奇書によれば、
〝中納言長谷雄卿は学九流にわたり、芸百家に通じて、世におもくせられし人なり〟
とある。
九流というのは、九つの学派ということであり、
儒家、
道家、
陰陽家、
法家、
名家、
墨家、
縦横家、

雑家、
農家、
以上がそれにあたる。

紀長谷雄は、諸々、あらゆる学問や芸事に通じている秀才であった。

さて――

長谷雄は、月光の中を歩いている。

春になったばかりで、夜ともなれば風はまだ冷たいが、夜気の中に梅の香が溶けている。

しばらく前に、ただ独りで清涼殿を出てきたところであった。

〝臆病者《おくびょう》め〟

長谷雄の耳の奥には、三善清行の言った言葉がまだ残っている。

あのような言い方をしなくともよいではないか。

直截《ちょくせつ》すぎる――

長谷雄はそう想っている。

日常においても、詩作においてもそうだ。

清行の創る詩は、たしかにみごとである。みごとだが、それは、飾りの部分ではないか。飾りをとりはらってみれば、そこにあるのは、ただの欲望であり、生の感情である。

〝どうだ〟

〝このおれを見よ〟

清行の詩を読むと、あの男のそういう声が聴こえてきてしまう。

詩は、たしかにうまい。しかし、うまさだけではないか。素人はそれで騙せても、おれにはわかる。

美しい言葉の飾りだけで詩を成立させ、その飾りをとりはらってしまったら、詩そのものもこの世から消え去ってしまうような道真の詩のほうが、芸としてまだ純粋ではないか。

口にこそしないが、長谷雄はそう思っている。

詩ならば、まだ飾りがあるだけいいが、清行が口にする言葉は、あまりに直截すぎる。あれは、このおれの心を、ただ傷つければいいというそういう目的のみの言葉ではないか。

しばらく前のことだ。

長谷雄の屋敷に、一頭の犬が、築垣《ついがき》を越えて入ってくるということがよくあった。

白い犬である。犬は、入ってくると、庭のあちこちで尿《ゆばり》をしてゆく。入って来ぬようにと人に見張らせていても、いつの間にか犬は庭に入ってきて、尿をしたり糞《ふん》をしたりしてゆく。

長谷雄は、これを怪《あや》しんで、陰陽師にことの吉凶《きっきょう》を占わせた。

「其《それ》の月某《それ》の日、家の内《うち》に鬼現《おにげん》ずることあらん」

お屋敷の内に鬼の出ることがあるでしょう、と陰陽師は言った。

「但《ただ》し、人を犯したり、祟《たた》りを成すべきものには非《あら》ず」

鬼とはいっても、人に害を成すほどのものではありませんから心配するほどのことではありません——

「ま、某《それ》の日には、物忌《ものいみ》くらいはしておいたほうがよろしいでしょうなあ」

このように言われていたにもかかわらず、その日、長谷雄は陰陽師の言葉を忘れて、物忌をしなかった。

その日、長谷雄は若い学生たちを屋敷に集めて、作文《さくもん》をしていた。

そこで作った詩を声にして文頌《もんじゅ》している最中に、塗籠《ぬりごめ》の中から、なんとも恐ろしげな音《こえ》が聴こえてきた。

薄気味悪い。

「此《こ》れは何の声ぞ」

学生や長谷雄が恐がって息を殺していると、塗籠の戸が開いて、そこから這い出てきたものがあった。

見れば、身の丈二尺ほどで、身体は白く頭が黒い。足は四本あって、頭には黒い角《つの》まで生えていた。

「わっ」

と長谷雄が後方に跳んで逃げた時、学生のひとりが、これに走り寄って、

「こら！」

その気味悪いものの頭部を、いきなり蹴りとばした。

すると頭の黒い部分が蹴抜《けぬ》かれて、白い犬の頭部が現われた。

犬は、声をあげて庭へ走り下り、そのままどこかへ逃げ去ってしまった。

どうやら、昨日のうちに、件《くだん》の白い犬が塗籠の中に入り込み、そこにあった黒い漆《うるし》を塗った盥《たらい》に頭を突っ込んで、抜けなくなってしまったものらしい。角と見えたのは、盥を持つ時の柄《え》であった。この盥を学生のひとりが蹴ったので、犬が正体を現わして、逃げ去ったのである。

これが三日前のことだ。

三日後の晩——つまり、今夜。

宿直《とのい》の当番であった長谷雄が出廷すると、清涼殿でこのことが話題となっていた。

「いや、実になさけないことだ」

そう言い出したのは、やはり宿直の番であった三善清行である。

「陰陽師は、はじめから怪しのものの正体を犬と知っていて、それで害を成すことはな

いと言ったのだ。だからといって、物忌するように言われて、それを忘れていたというのはとんでもない」

これに他の者たちも口を添えた。

「物忌せぬならせぬで、塗籠からたとえ何が出て来ようと、泰然自若としておればよいのだ」

「それを、驚いて腰を抜かしてしまうとは」

「いや、なさけない」

暇をもてあましぎみの宿直の晩の話題には格好の話であった。

しゃべっている者たちは、近くにいる長谷雄にその声が聴こえているのを承知している。

腰など抜かしてはいない――

長谷雄はそのように反論をしたい。

誰が言ったのか知らないが、あれは、驚いて思わず声をあげただけのことだ。声をあげたかどうかというのなら、あの時、あの場にいた全員が声をあげたのである。どうして、この自分だけが笑いものにされねばならないのか。

しかし、そのことを口にはしない。

長谷雄は、皆の声が聴こえぬふりをして、むっつりとした顔で凝《じ》っと耐えている。

怒ったり、感情が昂《たか》ぶったりすると、かえって長谷雄の顔からは表情が消えてゆく。怒れば怒るほど、激すれば激するほど、長谷雄は無表情になってゆくのである。

これは、もういじめである。

いじめは、相手が無抵抗で黙っていればいるほどエスカレートしてゆく。

「臆病者め」

三善清行が、長谷雄に視線をやって、つぶやいた。

これには、二重の意味がある。

ひとつには、犬を怪しのものと見て驚いたことについて言っているのであり、もうひとつには、これだけ言われても黙っていることについて言っているのである。

その通りだ——

と長谷雄は思っている。

確かに自分は臆病である。

しかし——

〝臆病でない人間がこの世にいるのか〟

大きな声で叫びたい。

鬼や怪しのものと出会えば、誰だって恐い。そうでない人間がいるとするなら、そいつはただの馬鹿ではないか。

清行が、堀川の屋敷を手に入れた時、そこに棲んでいた妖物を追い出したという話があるが、あれだって本当かどうかは疑わしい。

もともと、噂だけで妖物などいなかったのかもしれないではないか。何事にも自分のことを世に示さずにはいられぬ清行のことだから、あの朽ちかけた屋敷を安く手に入れるだけでは話の通りが悪いので、そこに自分の都合のよい色をつけたのであろう。

そうも思っている。

だが、それを長谷雄は口にしない。

ますます無表情な顔をして、むっつりと耐えている。

しかし、さすがにそこにいたたまれなくなって、長谷雄は立ちあがった。

これを見た清行が問うた。

「どうした」

「厠《かわや》だ」

短く答えて、そのまま長谷雄は清涼殿を出てきてしまったのである。

六

承明門をくぐり、朝堂院の角を曲がって、南へ下ってゆく。

右が豊楽院、左が朝堂院である。

夜気の中をふたふたと歩いてゆくと、ようやく呼吸がもどってきた。

梅の香は、まだ匂っている。

夜気の中で、あちらこちらの梅の蕾《つぼみ》が次々にふくらんで、花びらが割れ、その内側に閉じ込められていた匂いが、大気の中に溶け出しているのであろう。

大気の中に、梅の香が濃く溶けている層と、そうでない層がある。梅の香が濃く溶けた層を顔がくぐる時、梅の香が濃く匂うのである。

どこに咲いている梅であろうか。その姿は見えないが、闇の中で、ひとつ、ふたつと、梅の花が白くふくらんでいるのが想像されて、それがまたなんともおくゆかしい。

応天門の近くまでやってきた時には梅の香を楽しむゆとりも心の中に生まれていた。

そうなれば、

〝清行め〟

と思っているその気持が、自然にそのまま力となって、詩想が湧いた。

ただ、心をそのままに放っておいて、詩が自然に心の中に生じてくるわけではない。

それは、哀しみでもよい。感動でもよい。怒りでも憎しみでもよい。何ものかで心が搔き乱され、揺れ動いた時に、そこから言葉は生まれ出てくるのである。

〝清行め〟

と思う気持が、梅の香を嗅《か》ぐことによって生じた感動に上手に昇華され、それが、長谷雄という、詩句を生み出す楽器を揺らしたのである。

琴絃《きんげん》を鳴らせば、琴が美しい音で自《おの》ずから鳴るように、長谷雄という楽器が揺れれば、そこから自ずと言葉が生ずるのである。いや、言葉を生ぜずにはいられないのである。

それが、長谷雄であった。

応天門から朱雀門に向かってゆるゆると歩きながら、

禁庭之梅

風花難レ定

長谷雄は、自然に頭の中に浮かんだ詩句をつぶやいた。

宮廷に咲く梅は、その花にいつどのような風が吹くのか、その花がいつどのように散るのか、まことに定め難い——そういう意の句である。

これを二度ほどつぶやいた時、

「いいなあ」

そういう声が響いてきた。

男の声であるが、どこから響いてくるのかわからない。

「さすがは、紀長谷雄殿、まことによい句ではないか」

歩いている自分の後ろから聴こえてくるような気もするし、横から聴こえてくるような気もする。そうではなくて、歩いてゆく先の朱雀門の方から聴こえてくるような気もする。

「まさに、それはおまえだ」

と声は言った。

眼に見えぬ、黒い影のごときものが、長谷雄のすぐ後ろからついてくるようでもあった。

「まことに、宮仕えというのは、そういうところがあるのだなあ。風の吹きようでいつ散るとも限らない。まさしく今宵《こよい》匂いたつこの梅のようなものだ――」

声はするのだが、姿が見えない。

鬼か⁉

そう思う。

夜、ただ独りで歩いている時に、鬼と出会ってしまったのか。

しかし、不思議と恐くはない。

鬼の声には親しみがあり、長谷雄がいま口にした詩句を誉めているのである。

そして、その声は、朗々とさびた韻律で詩を吟じはじめた。

有㆓琴於㆒㆑是
成㆓韻乎風㆒
繞㆑軫而弛張不㆑定
拂㆑徽以疾徐遞通
琴之虚㆑心
待而無㆑厭
風之晦㆑跡
和而不㆑同

なんと、それは「風中琴賦《ふうちゅうきんふ》」と題された長谷雄が作った詩であった。

「それは――」

「おまえが作ったものだ」

声は言った。

むろん、そんなことはわかっている。

しかし、どうしてこの声の主がそれを知っているのか。

翼翼洋洋

悪乎在而不レ應
入松易レ亂
欲レ惱二明君之魂一
流水不レ歸
應レ送二列子之乘一

さらにその声は、先の句を吟じて、

「何度口の中でこの句を転がしても、溜め息が出てしまう」

うっとりとするような声で言った。

少女交二語於七絃一
有レ類而求
大王投二分於繁韻一
俾二夫子期之倫
遂無レ取レ信者也

とうとう、長谷雄の詩「風中琴賦」をすべて吟じ終え、いいなあ」

声はまた溜め息をついた。

「紀長谷雄よ、汝の詩才は当代随一ぞ」

長谷雄の目の眩むようなことを言った。

どうやらこの声の主は、長谷雄の詩が好きで、前々からそれを暗誦していたものらしい。

「三善清行も悪くはない。道真も優れた詩想の持ち主じゃ。しかし、清行は我《が》が見えすぎ、道真はその花のような言葉の陰になって、本然が見えなくなってしまう。当代、ただ独り詩人をあげよと言われれば、紀長谷雄をおいて他にない」

断言をした。

よくぞ言ってくれた。

長谷雄は小躍りしたくなるような心地がしたことであろう。

言ったのが、鬼であろうと何であろうとかまわない。

まさにそれは、長谷雄が心の裡《うち》に思っていたことそのままの言葉であった。

「おれは、おまえを尊敬している。おまえが好きだ」

「そうか」

小躍りしたくなるのをこらえ、長谷雄は短く言った。

嬉しい。

嬉しいがしかし、長谷雄の性《たち》として、誉められたからといって、満面の笑みを浮かべたりはしない。自分の心の裡を他人に見られたくない。

怒った時と同じで、つい表情を殺してしまうのである。

もしも声の主がいなければ、長谷雄、ここでにたにたとしながら踊り出したことであろう。

まことに可愛いと言うべきか、可愛くないと言うべきか。

「どうだ」

と声の主は言った。

「先ほどおまえが口にした句だが、頼む、次の句をおれに作らせてくれ」

「次の句？」

「おう。おれが次の句を作り、そうしたらその次の句をおまえが作る。そしてまた次の句をおれが作る。どうだ——」

なんと、声の主は、長谷雄に詩の合作をしようと持ちかけているのである。

「おれと勝負をしよう」

また、勝負か。

と長谷雄は思った。

この声の主は、なかなか詩のことがよくわかっている。だが、勝負という言葉を口にされては興醒めがする。

見知らぬ者と、夜の朱雀門で出会い、詩を合作するというのは、相手にそれだけの器量があれば、おもしろい。風流、風雅の趣向であり、それなりの悦《よろこ》びも楽しみもある。

しかし、勝負と言われても——

それは、口に出すべきことではない、と長谷雄は思っている。

自分は、誰よりも勝負にこだわる性であると、長谷雄は自分で自身のことを評価している。だが、それを口にしたことは一度もない。

このおれは、実は誰よりも、自分の詩と他人の詩と、どちらが優れているかということを気にする。しかし、それは、作者の心の裡のみにとどめておくべきことであろう。

「な、頼む」

手を合わせているような声がする。

長谷雄の沈黙を承知ととったのか、

「では、よいな」

勝手にうなずいて、

惜レ之不レ得

声が吟じた。

梅の花が散ってゆくのを惜しんでも、どうすることもできないという意味の句である。

「どうだ、悪くないだろう」

声が言った。

確かに悪くはない。

もし、自分であっても、同様の趣向の句にしたであろう。

「こんどはおまえだ」

声に言われて、長谷雄は、

留又無レ謀

と吟じた。

花をそこに留めようと謀《はか》っても、それはできないことであると、長谷雄は声の主の趣向を、もう一度繰り返した。

これはこれで、自然な流れである。

次はいよいよ、流れを転じなければならない。

それは声の主の役目であり、力量が試されるところである。

さあ、どうする——と、声の主にこの詩の行方を預けたことになる。この詩を生かすも殺すも、次の句次第である。

「やるではないか」

声は答えて、

故 樹 下 移レ座

やや間をとってから、次の句を吟じた。

「これでどうだ」

悪くない。

間はあったが、この声の主、鬼であっても、なかなかの才がある。

「なかなかのものだ」

長谷雄が、素直に言えば、

「そうであろう」

声が嬉しそうに言った。

自ら、当代随一と評した長谷雄に誉められて、悪い気はしない。

「では――」

氈來忘レ疲

さらりと長谷雄が続けた。

梅の樹の元にやってきて、樹下に座し、疲れるのも忘れて花を愛《め》でる――そういう意の句である。

「むむ」

声が唸《うな》った。

最初は勢いでやったものの、事が進んでゆくにつれて、かえってプレッシャーが強くなってくるのはよくあることである。

「むむ、む……」

闇のどこからか、唸る声ばかりが聴こえてくる。

声が迷っている間に、長谷雄の方には、もう次の句が浮かんでしまっている。

そうなってしまっては、もう止まらなくなってしまう。

「できなければ、こちらで勝手にゆくぞ――」

「ま、待て――」

声は言ったが、もともとは長谷雄が作った詩であり、声の主は、長谷雄がうんと言わぬのに、勝手に参加してきただけである。

　送日……


長谷雄が続けた。

「あ、こら、おれが考えているというのに……」

声があわてたが、長谷雄にしてみればもう止めようがない。

たとえ、鬼に啖《く》われようとも、もう最後までゆくしかなかった。

　送レ日 而 看
　秉レ燭 廼 賦 云レ爾

ひと息にこの詩を終わらせてしまったのである。

「ううむ。まったく、何というやつだ、おまえは――」

声の主が歯軋《はぎし》りをする。

禁庭之梅
風花難定
惜之不得
留又無謀
故樹下移座
翫來忘疲
送日而看
秉燭廼賦云爾

通して読んでみればみごとな賦《ふ》（詩）である。

きりきりと歯の軋る音がする。

よほどくやしいのであろう。

「うむ、ううむ」

詩のできばえがよいので、怒っているのだが、それを口にすることができない。

「これほどに辱められたら、普通は相手をとって啖《く》うところだが、この賦を読んではそれもできぬ」

呻くように声は言った。

「必ずや、もう一度、勝負をしてやるぞ」

くやしそうにそう言う声が聴こえてきたかと思うと、それきり、声は聴こえなくなった。

朱雀門の下で、長谷雄が、月明に照らされて立っているばかりであった。

七

すでに皐月《さつき》に入っている。

大気の中には艶《なま》めかしい新緑の薫りが溶けている。

その日の夕暮れ刻《どき》——

紀長谷雄は参内の仕度を終えたところであった。

束帯《そくたい》の正装である。

黒袍《くろほう》を身につけ、白い表袴《うわばかま》の下に、赤大口《あかおおくち》の袴を穿《は》いている。足には、白絹《しろぎぬ》の襪《しとうず》を穿いており、黒袍の袖から、下に着た単《ひとえ》の赤が覗いている。

すでに、門のあたりには、長谷雄が乗るための八葉車《はちようのくるま》が用意されている。

さて、では出かけようかというところへ、下人がやってきて、

「ただいま、長谷雄様にお目にかかりたいという方がお見えになっておりますが、いかがいたしましょう」

と言う。

「何と申されるお方か」

「はい。それをうかがったのですが、名乗られませんでした。会えばわかると——」

「会えば？」

「梅の頃に、一緒に詩を作ったと申されておりますが」

思いあたることはひとつしかない。

「その方を、これへお通しせよ」

やってきた男を見れば、はて、年齢の見当がつかない。

三十代の半ばから五十代まで、どの歳のようにも見える。

折烏帽子《おれえぼし》を頭に被り、柿色の狩衣《かりぎぬ》を着て、黒と白の染め分けの袴を穿いている。眼は涼しげで、鬚《ひげ》を生やしていた。

貌立《かおだち》は整っていて、赤い口元には気品のある微笑が浮いている。

どこぞのやんごとない身分の人間であってもおかしくはない。

簀子《すのこ》の上に座して対面すると、

「お久しぶりでござります」

男がかしこまって言った。

声を聴いてみれば、はたしてあの晩に耳にした声であった。

もしや鬼かともあの時は思ったのだが、会ってみれば常の人とかわらない。

さてはこの人物が、あの晩鬼のふりをしてこの自分を試したのかとも長谷雄は思う。

「いつぞやの晩以来でござりまするな」

長谷雄もかしこまって言った。

この男が、いったい何をしに来たのか長谷雄にはまだわからない。

もしかしたら、鬼が人間に化けてきたのかもしれないという気持も捨てきれない。しかし、それにしても、どこからどう見てもこの男は人間であり、鬼のようには見えない。

この頃には、もう、案内をしてきた下人も姿を消して、長谷雄は男とふたりきりになっている。

男は、周囲をちらりちらりと見回して、自分と長谷雄のふたりだけであるのを確認すると、

「おい」

急に口調を変えた。

「あれから色々考えたのだがな、やっぱり詩ではおまえにかないそうにない」

おまえの方が上だと、男は長谷雄に言うのである。男の口調はともかくも、長谷雄もまたそう言われて悪い気はしない。

「そこでどうだ、双六《すごろく》で勝負をしようではないか――」

また勝負か、と長谷雄は思う。

おまえの方が詩において優れている——そう言われるのならいいが、たとえそれが詩でなくて双六であれ、あからさまに勝負を挑まれては、こちらの気持が萎《な》えてしまう。

詩は、勝負ごとではない。

双六は、勝負ごとである。

博打《ばくち》である。

双六と言っても、後年〝道中双六〟として、我々が知っているものとはかなり趣を異にした遊びである。

双六というよりは、将棋に近い。

もともとは、古代インド——天竺から発生したゲームであり、それが中国を経て本朝に伝わったものである。

相手と自分とが、遊戯盤を挟み、向きあって対戦をする。

盤は、縦に十二枡《ます》、横に十二枡——全部で百四十四枡に区画されている。

対戦者は、白と黒の駒《こま》を使って勝負をする。白側十五、黒側十五——同数の駒を自軍に並べ、交互に賽《さい》を振り、出た目の数だけ、自分の駒を動かすことができる。

早く相手の側に攻め込んでしまった方が勝者となるのだが、そのおりの駒の動かし方にも上手下手があって、幾ら賽を振っていい目が出ても、動かし方が下手だと負けてしまうことになる。

おそらくは、日本で一番最初に流行した博打であろうと思うのだが、賽を振る時にはふたつの賽をいっしょにひとつの筒の中に入れ、それをいったん伏せてから筒を持ちあげ、出たふたつの賽の目の合計が、駒を動かすさいの基準となる。

博打と同じで、双六をやる時は〝打つ〟という言い方をする。

この双六、奈良朝以前に、すでに本朝には伝来している。

　一二《いちに》の目　のみにはあらず　五六三《ごろくさむ》　四《し》さへありけり　双六の頭《さえ》

『万葉集』にも載っている〝双六の頭を詠む歌〟である。

一や二だけでなく、五、六、三も、四も、双六の目は色々とあるのだなあ——という素朴なる歌である。

しかし、それはそれとして——

あまりにも博打の弊風が著しく、持統天皇三年十二月の禁断をはじめとして、度々双六の禁令が出されている。

しかし、それでもいっこうに遊戯人口が減らなかったのは、昔も今も同じである。

ちなみに、『古事記』や『万葉集』よりも遥かに昔——紀元前一二〇〇年頃に天竺《インド》で書かれた『リグ・ヴェーダ讃歌』の中にも、賭博者《とばく》を戒める歌が記されている。

さて、双六のことだ。

長谷雄にしても、双六は何度もやったことがある。

しかし、それは、表向きは遊びである。退屈をまぎらわすために双六で遊び、遊んだ挙句に、たまたまそこに勝ち負けという結果が出てくるだけのことであると長谷雄は思っている。

しかも、実力のみの勝負ではなく、賽を転がして、それで出た目の数だけ駒を動かすわけだから、偶然の要素も勝敗には加味される。そのあたりの具合が、長谷雄には居心地がよいのである。

だからといって、最初から勝負であると言われてしまっては、その気になれるものではない。

「いやだ」

と長谷雄は言った。

「そんなことを言うな。おれと双六をやろう」

「打《や》りたくない」

やろう、やらぬという問答がしばらく続いた後、

「取って喰うぞ」

ふいに、凄みのある声で男が言った。

長谷雄の心臓が大きな音をたてた。

男の様子が、いきなり一変したからである。

男の眼が、正面から長谷雄を見ていた。

その眼光の中に、しばらく前まではなかった、こわいものが潜んでいるのである。

「お、おまえ……」

長谷雄の声は震えている。

「双六で勝負をつけようではないか」

男は言った。

「し、しかし、わたしはこれから参内せねばならぬことになっているのだぞ」

「誰ぞ使いをやって、急に行けなくなったと言えばよかろう」

とんでもない無茶を言う男であった。

「な、やろう」

男の口調が哀願するようなものになった。

「やれば喰わぬ。やらねば喰うぞ。やるのなら、おまえが勝とうが負けようが、無事にここへ帰してやる」

言っている男の口から、ぬうっ、ぬうっと二本の犬歯が伸びて、唇の外に尖った歯先を覗かせた。

「お、おまえ……」

長谷雄は腰をぬかしそうになった。

「おまえ、鬼であったのか⁉」

「はじめからそう言っているではないか」

男は言った。

「やろう。おれを信用しろ。詩の勝負に負けたあの時だって、おまえを取って喰うことはできたのだ。しかし、おれはおまえを喰わなかったではないか」

なんと勝手なことを言うのか。

長谷雄は、わっと声をあげて、そこから逃げ出したかった。

しかし、身体がすくんで動けない。

顔だって、普通の者なら恐怖でひきつっているはずなのだが、長谷雄の顔は無表情であった。

「やろう」

「わ、わかった」

ついに長谷雄はうなずいていた。

八

夕暮れの朱雀大路を、長谷雄は男と一緒に歩いている。

ただ、ふたりきりだ。

中納言——長谷雄のような人物が、供の者も連れず、車にも乗らずに徒歩《かち》で道を踏んでゆくなど、めったにあることではない。

男の言ったように、内裏へは、行けなくなったという使いを走らせた。

すでに、陽は西の山の端に没して、あたりは暗くなりはじめている。

大路を行く者は、いずれも足早に家路につく者たちで、その人影もだんだんと少なくなってゆく。

——なんでこの男についてきてしまったのか。

長谷雄は後悔している。

しばらく前——

双六をやろうと長谷雄がうなずいた時、

「では、ゆこう」

男が立ちあがったのである。

「どこへゆくのだ」

「おれのところだ」

「おまえの?」

「おれのところに双六が用意してある」

「双六ならば、うちにもある」

「駄目だ。おれのところで、おれの双六でやろう」

男は長谷雄の手を取って長谷雄を立たせた。

「さあ、ゆくぞ」

長谷雄の手を引いて、ずいずいと男は勝手に歩き出してしまったのである。

恐ろしくて、声をあげようとしたのだが、喉が渇いて大きな声も出せない。

「ちょっと出かけてくる」

不審がる屋敷の者にそう告げて、内裏へ使いをやらせたが、何故あの時、大きな声を出して助けを呼ぶか、逃げ出すかしなかったのか。

男に手を握られていて、逃げ出せなかったこともある。声をあげて騒いだ途端に、喰われてしまいそうな気もした。

それに、もしかしたら、まだ、鬼のふりをした男に騙されているのではないかという気持も捨てきれない。

さっき、男の歯が伸びたと見えたのはこちらの気のせいで、やはりこの男は人間であるのかもしれない。少なくとも、今はもう、歯は伸びてはいない。もと通りである。もしも、騒いだ挙句に、あとでこの男が人間であることがわかったら、例の犬の時以上に、また三善清行に馬鹿にされるであろう。

そんなことを考えているうちに、ここまで来てしまったのである。

「さあ、ここだ」

男が立ち止まった時には、あたりに見える人影はどこにもなくなっていた。

もう、ほとんど陽は暮れかけている。

見あげれば、頭上の星の出た夜空に黒々とそびえているのは、朱雀門である。

「ここは、朱雀門ではないか」

長谷雄が言うと、

「そうさ。ここがおれの棲《す》み家《か》なのだ」

男は言った。

「さあ、来い」

男が、長谷雄の手を引いて、朱雀門の上にあがってゆく。

長谷雄はもう、生きた心地もしない。

「おや、震えてるのか、おまえ」

手を握っている男が言った。

ったた。

震えて悪いか――

思わずそう叫ぼうとしたのだが、長谷雄の唇からは、どういう言葉も出て来はしなかった。

九

昔から、道と道とが交わる辻《つじ》は、異界との接点であり、魔や百鬼夜行の出没する場所であった。

家の二階や門の上も、異界との通路であり、楼上《ろうじょう》や門上は、鬼や妖魅《ようみ》の棲み家であった。

しかも、すでに挙げたエピソードなどから察するに、朱雀門の上に棲んでいるのは、芸の道が大好きな鬼である。

ともあれ、長谷雄は、男に手を引かれて、異界へと足を踏み入れてしまったことになる。

門上に上って見れば、そこには灯火がふたつ点《とも》されており、双六の盤が置かれている。

長谷雄は、盤の前に座して、男と向かいあった。

美麗の男は、青く光る眸《ひとみ》を長谷雄に向けて、

「さあ、勝負だが、何を賭ける？」

そう言った。

「賭けるのか」

「あたりまえではないか。これは双六だぞ。何も賭けずに双六なぞできるものか」

しかし、そう言われたからといって、咄嗟《とっさ》に賭けるものなぞ思い浮かぶものではない。

「おまえは何を賭けるのだ」

逆に訊ねた。

「おれか。おれは、女を賭ける」

男は言った。

「女？」

「この世の全てにも等しい美しい女だ」

きっぱりとした口調である。

「おまえは何を賭けるのだ」

男が、また、訊ねてきた。

「わ、わたしは――」

長谷雄は口ごもった。

「おまえは、おまえの全てを賭けよ」

「全てだと――」

「そうだ。詩人としての、おまえの名声、屋敷、財産、おまえの持っているもの全てだ」

とんでもないことを言う。

「そんな無茶な……」

「おれは、おまえがこれまで見たこともないような、この世のものとは思われぬ美しい女を賭けようというのだぞ。この世の全てにも等しいと言ったではないか。おまえは、おまえの全てを賭けるのだ」

「やだ」

「賭けよ。賭けねば、おまえをここで喰《く》うぞ」

言った男の口から、ひゅうと青緑色の炎が燃えあがった。

もう、間違いはない。

これはもう、人ではない。

鬼である。

「賭けよ」

「わ、わかった」

震える声で、長谷雄はうなずいていた。

「さて、始めるか」

嬉しそうに、男は言った。

十

この朱雀門に棲む鬼については、幾つかの説がある。

そのうち最も有名なのが、御所の清涼殿鬼の間の鬼王が姿を変えたものである、というものである。

滋野井《しげのい》公麗《きんかず》の『禁秘《きんぴ》御抄《みしょう》階梯《かいてい》』の「鬼間《おにのま》」の項にそのことが書かれている。

「鬼の間の絵の事、人これを見ず。先年、絵所に相尋ぬるの所、固く辞し申し、終《つ》いにその絵様を顕わさずと、如何《いかん》。為長云う。およその条、古より今に至るまで、鬼の間の名を聞くといえども、いまだその消息を見ざると、しかじか。(中略)予答えて云う。鬼天は三面三目、一角有り。その色赤色なり。間《ま》、艮《うしとら》の方にこれを画《えが》く。形逃去の勢いの如し。又、勇士を顧みながら去る形なり。この時、為長云う。朱雀門の鬼は鬼の間の鬼王、変ずる所なりと、しかじか。彼の鬼青色一面なり。長谷雄卿記にこれ有りと、しかじか。赤色、青色異説なり。後にこれを決す可し」

この鬼は、三つの面《かお》と、三つの眼があり、角《つの》が一本生えている。

そして、その色は赤色とも青色とも言われているというのである。

長谷雄が、向き合って双六を打っている相手が、この鬼であった。

筒に賽を入れて伏せ、出した目の数だけ駒を動かす。

優勢なのは、長谷雄であった。

男の方が劣勢である。

勝負が進むほどに、

「うむむ」

「うむ」

男が唸り声をあげる。

その度に、ぞろりと美麗の男の口から牙が生え、赤い、大きな舌が躍《おど》る。

鼻がひしゃげ、眸は丸く剝《む》き出しになり、額からは角が突き出てくる。

その顔の両脇に、さらにふたつの青鬼の貌が出現して、きりきりと歯を嚙み鳴らすのである。

「おのれ、おのれ……」

つぶやくその恐ろしい形相が、ふたつの灯火に照らされて、闇の中に浮かびあがっている。

長谷雄は脂汗を流しながら、その顔を見ないように、盤上だけを睨《にら》んでいる。それでも、時おり、鬼の貌が眼に入ってしまう。

〝これは鼠だ、これは鼠だ……〟

鬼の貌が眼に入る度に、長谷雄は別の姿を強く心に念じながら、筒を振り、賽を動かすことにだけ心を向けている。

そして——

なんと、ついに長谷雄は鬼に勝ってしまったのである。

「おのれ、長谷雄め。おまえは何というやつだ。双六でもこのおれを打ち負かしたな」

恐ろしい声で唸った。

もはや、人の姿をしていない。

全身が鬼と化している。

「や、約束だ。わたしを喰わぬでくれ」

「喰わぬ」

鬼は唸った。

「喰い殺してやりたいが、約束だから喰わぬ」

きりきりと歯軋りをした。

「女も、おまえにやろう」

鬼が言うと、闇の中に、ぼうっと青い光を放ちながら立つものがあった。

それが、しずしずと近づいてくる。

桜襲《さくらがさね》の裳《も》唐衣《からぎぬ》を身に纏った女であった。

「なんと——」

その女を見るなり、長谷雄はそこに鬼がいることも忘れて、思わず声をあげていた。

鬼の言った通りであった。

「なんと美しい……」

それは、これまで、長谷雄が見たこともない——また、これから先も見ることはないと思われる美女であった。

その美しさ、この世のものとは思われない。

長い翠《みどり》の黒髪——

肌の白さ。

ほんのりと夜目にも赤い唇。

鬼は、その三つの眸から涙を流していた。

「ああ、おれはなんということをしてしまったのだ。どうしてこの女を賭けてしまったのだ——」

言いながら、鬼は泣いていた。

「この女こそが、おれの全てであったのに。ああ、何ということを――」

鬼は、長谷雄を睨み、

「よいか、約束通りこの女をくれてやる。しかし、ただひとつ、約束するのだ。よいか、これから百日の間、この女を抱いてはならぬぞ。よいか。必ず必ずこの約束を守ってくれ」

「何故だ。どうしてなのだ」

「もしも、おまえが、百日たたぬうちにこの女を抱いたのなら、おまえはこの女を失うことになるのだ」

「――」

「よいか、よいか。くれぐれも、くれぐれも、今おれが言うたこと、忘るなよ……」

そう言う声がだんだんと幽《かす》かになってゆき、声と一緒に、灯火も、鬼の姿も、そこから消えていたのであった。

十一

長谷雄は、女を屋敷に連れて帰った。

名を訊ねても知らぬというので、長谷雄はこの女に露虫《つゆむし》という名を付けた。

長谷雄は、女と屋敷で暮らすようになったが、鬼に言われたように、百日経つまではと、その肌に指でも触れようとしなかった。

もしも、この露虫が、並の女であったのなら、鬼の言ったことになぞ耳を貸さずに、十日としないうちに手を付けていたろう。

しかし、そうするには、あまりにも女は美しすぎたのである。

もしも、この女が、鬼の言うように自分の手から失われてしまったら――

もう、自分は生きてはおれぬだろうと長谷雄は思った。

この世の全てと等しい――

鬼が言ったことは、嘘ではなかった。

長谷雄にとって、露虫を失うことは、この世の全てを失うことと同じであった。

もしもこの女がいなくなってしまったら――

どのようなものも、どのような女も、もはや二度と自分を慰めることはないだろう。

どのようにきらびやかな詩句を作ることができたとしても、この女とひきかえにはできなかった。

露虫さえいれば、詩句などもう作る必要がなかった。

過去からこれまでの間に紡がれてきたあらゆる詩句よりも、これから未来永劫《えいごう》紡がれてゆく詩句の全てよりも、この露虫ひとりの方が、長谷雄にとっては大事なものであった。

だから、長谷雄は、露虫に手を出せなかったのである。

この女に手を触れない――

それは、どのような拷問よりも、長谷雄にとっては辛《つら》い責め苦であった。

時に、八月十五日、月の美しい夜であった。

長谷雄は、灯火を点して巻子《かんし》を開いている。

傍らに、黒漆の二階棚が一基立てられており、そこに幾つもの巻子や冊子の典籍が置かれている。

長谷雄の眸は、巻子の表面を何度もなぞってはいるが、その内容は少しも頭に入ってはいなかった。

心は、すぐ向こうの簀子《すのこ》の上に座して、軒越しに月を見上げては溜息をついている露虫のことでいっぱいになっているのである。

長谷雄も、息が熱い。

今すぐにでも、露虫に駆け寄って、後ろから抱きしめ、口を吸い、その肌に指を這わせてみたい。それをこらえている。こらえればこらえるほど、自分の肉体の中にそれは溜められてゆき、吐く息の温度が上がってゆくのである。自分の肉も肌も、その熱のために熱くなって、ぼうっとなっている。

あと三日――

鬼が言った百日まで、あと三日であった。
あと三日我慢をすれば、露虫の身体を思うさま自由にできるのだ。
「長谷雄さま……」
露虫の声が聴こえた。
長谷雄は、顔をあげた。
さっきまでこちらに背を向けていた露虫が、今は背を庭に向けて、こちらを見ていた。
「長谷雄、長谷雄……」
露虫がまた繰り返し長谷雄の名を呼んだ。
名を呼ばれる度に、長谷雄はどきりとする。心の臓が大きく脈打つ。
これには、ふたつの意味があった。
ひとつは、露虫から名を呼ばれたことである。
もうひとつは、自分の名に関わることであった。
平安の頃、男性性器の俗称のひとつに、
〝をはせ〟
というものがあった。
をはせと言えば男根のことであり、漢字では、破勢、破前などと書いた。
『本朝文粋』の「鉄槌伝」に、

〝人となり勇悍、能く権勢の朱門を破る。

天下号《なづ》けて破勢といふ〟


と記されている。

朱門は玉門と同義で、つまり女性の陰部のことだ。

この〝をはせ〟と自分の名〝はせお〟が似ていることについて、長谷雄が意識していなかったはずはない。おそらく、三善清行は、この類似を利用して、長谷雄を傷つける冗談のひとつやふたつは言ったことであろう。

長谷雄長谷雄と二度その名を呼びかければ、その中に〝をはせ〟の発音が含まれる。

長谷雄は、表情を殺して、

「何だね、露虫や……」

かすれた声でそう言った。

喉が渇いているのである。

「長谷雄様は、どうしてわたくしを御自分のものにして下さらないのですか」

「――」

「露虫のことがお嫌いなのですか」

「ああ、露虫や、露虫や、そんなことはないのだよ。わたしはおまえのことが愛しくてならないのだよ。それはいつも言っている通りなのだ」

「では、露虫を、長谷雄様のものにして下されませ」

「しかし、まだ、あと三日、おまえの身体に触れるわけにはゆかないのだ」

「またそんなことをおっしゃって。本当はこのわたくしのことがお嫌いなのではありませんか」

「いいや、約束で、もしもおまえにわたしが触れると、おまえが消えてしまうのだと言われているのだよ」

「そんなことはありません。あなたに触れられて、どうしてこの露虫が消えてしまうのですか。こんなに熱い身体を持っているこのわたくしが、どうして消えてしまうのですか。長谷雄様に抱かれて消えてしまうのなら、露虫は本望でございます。それよりもこのまま、焦がれ死にをしてしまうことが口惜しい……」

露虫は、言いながら、するりするりと、身につけているものを、その場に脱ぎ捨てはじめた。

露虫の白い肌が、露わになってゆく。

軒から降りてきた月光が、その両の肩口に後ろから差し込み、前は、灯火の灯りに照らされている。

かたちのよい、まろやかな乳房。

そして乳首。

くびれた腰も、何もかもが長谷雄の前にさらされた。

露虫は、歩いてくると、長谷雄の前に腰を下ろし、長谷雄の手を取った。長谷雄の手から巻子が落ちた。

その手を、自分の胸に持ってゆき、乳房に押しあてた。

柔らかな、滑らかな手触りが手の中にあった。こんなにうっとりするような感触のものがこの世にあるのかと長谷雄は思う。

掌の中で、露虫の乳首が堅くなった。

「熱いでしょう」

確かに熱かった。

血の温度も、心臓の鼓動も感じられる。

「これが消えますすか」

露虫は言った。

「どうして、この身体が消えるのですか」

露虫の手が、乳房の上に触れている長谷雄の掌を、そろそろと肌の上を滑らせながら下に降ろしてゆく。

「わたくしの口を吸いたいとは思いませぬのか」

「お、思う。そなたの口を吸いたい」

「ではお吸いなされませ」

露虫の赤いふっくらとした唇が、長谷雄の唇にかぶせられてきた。

思わず、長谷雄が唇を離す。

「ま、待ってくれ」

「もう待てませぬ」

また、唇がかぶせられた。

強く吸われた。柔らかな舌がくねくねと入り込んできた。長谷雄は舌をからめとられていた。

掌は、まだ、下に降りてゆく途中である。

「口を離し、この乳をその手で揉《も》みたいとは思いませぬのか」

露虫は言った。

「お、思う」

長谷雄は答えていた。

もう一方の手で、さっきとは逆の乳房を長谷雄はつかんでいた。

ああ、と白い歯を見せて、露虫が熱い吐息を洩らした。

「この乳を吸いたいとは思いませぬのか」

「吸いたい」

長谷雄は、強く乳房を握った手の中から、堅く外に突き出ている尖った乳首を口に含み、吸った。

露虫の、熱く濡れて火照った場所に、長谷雄の指が届いた。

露虫が、切ない声で喘《あえ》いだ。

長谷雄の下帯の中に露虫の手が入り込み、細い指がそれを握っていた。

「こんなに大きくなされておいでではありませぬか」

喘ぎ声と共に、露虫は言った。

「こんなに堅く、こんなに熱くなされていらっしゃるではありませぬか」

長谷雄は、女のような声を洩らした。

「これを、長谷雄様の知っていらっしゃるどんなお方よりも、上手に口でしてさしあげましょう」

言った通りのことをされた。

「露虫」

長谷雄は、小さく叫んで露虫の顔をあげさせ、しがみついていた。

「辛抱できぬ」

我慢できなかった。

抑えに抑えていた欲望が、堰《せき》を切ったように身体の中から、あとからあとから溢れ出てきて、長谷雄の心をどこかへ押し流した。

たまらぬ。

長谷雄は、そこに露虫を押し倒し、口を吸い、身体を重ねた。

「長谷雄様、これを、をはせさまを……」

さきほど、指で触れた場所に、露虫の指によって長谷雄は導かれた。

その時……

「あれ……」

小さく細い声が、露虫の唇から洩れ、次の瞬間、ひやりとしたものが長谷雄の身体を濡らした。

露虫の姿が消えていた。

つい今まで、長谷雄の下にあった熱い温度も、その肉の感触も、そこから消えていた。

床に夥《おびただ》しい量の水がこぼれ、さきほど露虫が脱いだものを濡らしているばかりである。

「露虫」

小さな声で叫んで、長谷雄は顔をあげ、立ちあがった。

露虫の姿はどこにもない。

ただ、床が水で濡れているばかりであった。

「露虫――」

もう一度、長谷雄はその名を呼んだ。

女の姿はどこにもなく、返ってくる声もなかった。

呆然としているところへ、

「おおん、おおん……」

と何者かの哭《な》く声が庭から響いてきた。

声の方を長谷雄が見やれば、庭に、月光を浴びて、あの朱雀門の鬼が立っていた。

「なんということをしてくれたのだ。まったく、おまえはなんということをしてしまったのだ、長谷雄よ……」

鬼は、泣きながら言った。

「あの女は、百年かかってこのおれが造ったのだ。様々な女の屍体《したい》から、眼、鼻、口、髪、乳房、脚、指から爪《つめ》から、具合のよいあそこに至るまで、よいところばかりを集めて、このおれが造ったのだ……」

鬼が歯を鳴らした。

「あれは、このおれの生涯の傑作だった。もう、二度と造ることはできぬ。何故、あと三日待てなかったのだ。あと三日経てば、完璧《かんぺき》な女となったのに……」

さめざめと鬼は言った。

長谷雄は、鬼の言葉もまだよく耳に入らない。

わかっているのは、自分が全てを失ってしまったことだ。そして、その失ってしまったものが、二度ともどってこないということだ。

長谷雄は、呆然と、庭と鬼を眺めている。

そこに、月光が差している。

八月十五夜者
天之秋
月之望也

長谷雄の口から、小さく言葉が洩れてきた。

更闌人定
雲浄月明

詩句であった。

「長谷雄よ、おまえ、こんな時に詩を作っているのか」
鬼は言った。

十二廻中
無レ勝二於此夕之好一
千万里外
各争二於吾家之光一
況復思感二於秋一
心疑レ不レ夜

長谷雄は、答えない。
ただ、その唇から詩句が滑り出てくる。
勝手に身の内に詩句があふれ出てくるのだ。
これはどうしようもない。
長谷雄はそれをわかっている。
それが、素晴しい詩句であることもわかっている。
しかし、それがいったい何だというのか。

きらびやかな詩句が、ただ自分の唇から洩れてくるだけだ。それには、もはや、どのような感動もない。

死人が詩を詠んでいるようなものだ。

澄澄遍照
禁庭之草載レ霜
皎皎斜沈
御溝之水含レ玉

「長谷雄よ、おまえは、まったく、なんという奴なのだ」

鬼が何かを言っているが、もう、長谷雄にはそれが届いてこない。

「長谷雄よ、長谷雄よ……」

鬼の声が遠くなっていく。

于レ時高天早暁
繁漏頻移
憐二秋夜之可一レ憐

翫二清景之可レ翫

長谷雄は、いつの間にか、素足のまま庭へ降り、月光の中で詩句をつぶやいている。
もう、鬼の姿も声もない。

更及二盃無レ算
令レ叙二事大綱一
臣不レ勝二恩酌之重一
已為二酔郷之人一
恐対二明月之輝一
以述二暗陋之緒一云レ爾

長谷雄は、ただ、虚《むな》しくその口からきらびやかな詩句を月光の中にこぼれ落とすのみであった。

篁物語
たかむらものがたり

一

小野篁《おののたかむら》は、嵯峨《さが》天皇の頃から仁明《にんみよう》天皇の頃にかけて宮廷にあった人物で、官人であった。

菅原道真、紀長谷雄より遡《さかのぼ》った時代の文人であり、その文才は、その時代にあって並ぶ者がないとも言われていた。

何度か、遣唐使船で唐へ渡る機会がありながら、船が嵐に遭い、結局、それを果たせなかった。

当時、唐の国でまだ存命であった詩人の白楽天が、小野篁の文才を聴きおよび、

「ぜひとも会いたし」

このように言っていたともいう。

結局、小野篁の入唐はならず、この両名の才人の邂逅《かいこう》はなかった。

肌の色白く、眉目秀麗《びもくしゅうれい》なるも、無口で、めったに笑うことはなかった。必要なことを、必要な量だけ口にする。他人が、自分のことをどう評価しているかということに——というよりも、この世のことに、興味などないように周囲からは見えた。

承和《じょうわ》十三年秋、太政官の左中弁となったが、いきがかり上なっていきがかり上その職務を果たしている——まわりの人間からはそのように眼に映った。

しかし、仕事にはそつがない。

悪いのはつきあいだけである。

だが、つきあいは悪くとも、誰《たれ》もこの男の悪口を言わない。宮廷の官位が上の者も、皆が皆、この男にだけは、妙に遜《へりくだ》っている。

幽冥界《ゆうめいかい》の者とつきあいがあるだとか、歳若い美しい女が、常にこの男の傍らにいるとかいう噂がある。この噂の奇妙なところは、もう、二十年の昔から同じことが言われているということであり、その傍らにいるという女が、いつも、まだ十代の若い娘であるということであった。

宿直《とのい》の晩など、ただ独りでいるはずのこの篁の傍らに、その女が座して、何やら話をしているのを見たという人間も、ひとりやふたりではないのである。

小野篁、見ただけでは年齢がわからない。

若くも、歳経たもののけのようにも見えるところがある。

この小野篁が、左中弁となった頃——

ある用事があって参内していた高藤卿《たかふじ》が篁とともに帰ることがあった。

八葉の車にふたりで乗り、これを牛に引かせて内裏を出た。

夜である。

西の空に、猫の爪のごとき細い月が懸かっている。

車が、朱雀門の辺《あた》りにさしかかったかと思える時——

「お待ちを——」

ふいに、篁が高藤卿に言った。

外の牛飼童や、従者に声をかけ、車を停めさせると、

「おまえたちは、しばらく門の陰に隠れて、声をあげたり、騒いだりせぬように」

こう言って彼らを向こうへやってしまった。

「何事か？」

高藤卿が問えば、

「おもしろいものをお見せいたしましょう」

篁はそう言って簾《すだれ》を上げ、車の外へ降りた。

「ささ、どうぞ」

篁にうながされて、高藤卿も車を降りた。

朱雀門の前に停めてある車の横に、ふたりは並んで立った。

「何を見せるというのじゃ」

「お静かに」

篁が声をひそめて言った。

「参りましたぞ」

篁の視線の先を高藤卿が見やれば、朱雀大路の向こうに、ぽつんと灯りが見えた。

その灯りが、こちらへ向かって近づいてくるではないか。

ひしひしと、得体の知れぬものが、その灯りの周囲《まわり》の闇にひしめき合っているような気配がある。

それが、近づいてくる。

近くまでやってきたのを見れば、なんと、それはもののけたちの集団——鬼の群であった。

先頭をやってくるのは、二本足で歩くひとつ目の蝦蟇《がま》であり、両手に人の髑髏《どくろ》を抱えていた。

その髑髏の眼から、ちろちろと青い炎が燃え出ている。

その後ろからやってくるのは、牛の首をした鬼であり、手に、人の腕を握って、それを噛《かじ》りながら歩いている。

蛇のように長い身体を持ち、しかも手足のないものが、地を這っている。
人の顔をした馬。
脚の生えた琵琶。
血まみれの自分の首を抱えている、首の無い武士。
手足のある釜や鍋。
旗。
内臓のようなもの。
首の双つある狐。
なんと、これは——
〝百鬼夜行ではないか〟
その声を高藤卿は呑み込んだ。
鬼たちがもうすぐ目の前までやってきていたからである。
あまりの恐ろしさに、叫び声をあげて逃げ出したかった。
「お静かに。さすればあの者たちも我らに危害を及ぼすことはできませぬ」
篁が言った。
高藤卿は生きた心地もない。
彼等が、そのまま真っ直ぐにやってくるなら、ふたりがいる朱雀門に突きあたることになるからである。その場合、篁と高藤卿が、彼等の行く手を塞いでいることになる。

どうすればよいのか。

と——

彼等は、朱雀大路を南から北進してきて、ふたりのいる朱雀門の前までやってくると、左へ折れ、二条大路を西へ向かって進み始めたのである。

そして、奇妙なことに、鬼の群の一匹というか、一頭というか——ひとりずつは、小野篁に向かって頭を下げて通り過ぎてゆくではないか。

そのうち、群のうちのひとりの鬼が、西へ向かわずふたりのすぐ前まで歩いてきた。人の身体に鶏の頭が乗った鬼で、その鬼は、篁に向かって深々と頭を下げてから、次に高藤卿を見やった。

高藤卿は、ごくりと唾《つば》を呑み込んだ。

生臭い息が、顔にかかった。

あまりの恐ろしさに声も出ない。

鬼はしげしげと高藤卿をみやり、

「ほう、ここに尊勝陀羅尼《そんしょうだらに》がおわすぞ」

そうつぶやいて、西へ向かって歩き出した。

鬼たちが、全て通り過ぎ、その姿が皆西へ消えてしまった後、高藤卿はそこにへたり込んでしまった。膝《ひざ》ががくがくとして、そこに立っていることができなかったのである。

「な、なにを言っておったのだ、あの鬼は——」

地面に腰を落としたまま、高藤卿は言った。

「あなたの衣《きぬ》の中に、尊勝陀羅尼の書かれた紙が縫いつけてあるのです」

篁は澄ました顔で言った。

それで、鬼たちは、高藤卿に手を出すことができなかったのであった。

「篁殿は、つまり、それがはじめからおわかりであったのですか」

「ええ」

篁はうなずき、

「それで、あれをお見せしたのです。車に乗って、ここまでやってきた時、あのものたちがやってくるのがわかりましたのでね。そのままやりすごすこともできたのですが、めったに見ることのできるものではございませぬので——」

もの静かな声でそう言った。

後で訊いてみれば、その尊勝陀羅尼は、高藤卿の乳母が、そこに縫いつけたものであったという。

この高藤卿が、ある時、病気になった。

三日ほど寝込み、四日目の晩に亡くなった。

家族の者が、嘆き悲しんでいると、朝になって、高藤卿がふいに蘇生《そせい》した。

一同が喜んでいると、

「小野篁殿をこれへ呼んでもらえぬか」

そのように言う。

篁がやってくると、高藤卿は人払いをした。

ふたりきりになると、篁の前に高藤卿は両手をついて、

「まことにありがとうございました」

頭を下げる。

それだけで、何のことかわかったと見え、

「礼などはいりませぬが、このこと、みだりに他言いたしませぬよう」

篁は、表情を変えることなくそう言った。

ふたりの間に交わされた会話はそれだけであった。

このことについて、家族がいくら訊ねても、高藤卿は何も語らなかったという。

しかし、やがて、宮中には次のようなまことしやかな噂が流れるようになった。

死んだ高藤卿は、閻魔《えんま》王の使いに捕らえられ、生前の罪を問われて裁かれることとなった。

閻魔王宮まで連れてゆかれ、閻魔王の前にひき出された。

ふと、高藤卿がみやれば、閻魔王の臣下が並み居る中、閻魔王の傍らに小野篁が居るではないか。

篁は、高藤卿を見やり、次に閻魔王の耳元に口を寄せて何ごとかを囁《ささや》いた。

すると、閻魔王は、

「おまえの生命は、今日まであったが、篁の申し出により、いましばらくの猶予を与えることとなった」

このように言うではないか。

「速《すみや》かに可将返《いてかえすべ》し」

篁が、高藤卿をここまで連れてきたものたちに言えば、さっそく高藤卿は両腕をとられて、閻魔宮から退出させられた。

気がついたら、自分の屋敷で目醒めていたというわけである。

もとより噂であるが、これを耳にした者たちの中には、

「あの篁なればそのようなこともあるべし」

このように言う者もあったという。

かつて、宮中で、篁についてよからぬ噂が立ったことがあったが、この時、篁を弁護したのが高藤卿であった。

百鬼夜行を見せたことといい、閻魔庁で高藤卿を助けたことといい、皆、そのことに

対する篁の礼であったのではないかと、このことを知る者たちは噂しあった。

『三国伝記』などの書によれば、篁について、

「身は朝廷に仕へ、魂は冥途《めいど》に通ぜり」

このように語っている。

二

小野篁は、文人であった。

漢詩人である。

言葉や文章について、希代なる才を持っているのに、その自分の才を弄《もてあそ》んでいるようなところがあった。

すでに十二歳の時に、内宴の始に「桜花を翫《もてあそ》ぶ」という序を書いたと『江談抄』に記されている。

二十四歳の時の詩に、「秋雲篇示㆓同舎郎㆒一首」と題されたものがあり、これは『経国集』に載っている。

気は憀慓《れうりつ》なり　具品《ぐひん》の秋
客《たびびと》は西に在り　歳遒《としゆ》かんと欲す
山に登り水に臨む耶楚《やそ》の望
目を移せば寒雲遠近に愁ふ
初めて拳石に触るるや一片に起り
盲風吹き猟ぐるや九囲に浮かぶ
陰は連なる潘岳《はんがく》が晋閣《しんかく》の上
色は映ゆ劉王《りうわう》が汾水《ふんすい》の流《ながれ》
山を籠めて暗く湿《うる》ふ長年の葉
日を帯びて高く韜《つつ》む短晷《たんき》の暉《ひかり》
紫府《しふ》仙駕《せんが》を迎へて養はむと欲し
青天曾て鵬翼《ほうよく》を助けて飛ぶ
朝《あした》には巫《ふ》嶺《れい》神姫《しんき》の気となり
夜《ゆふべ》に銀河織女の衣となる
富貴は人間《じんかん》に不義の如し
華封《くわほう》我に勧む帝郷の意

多分に神仙的な気分に満ちた詩である。

嵯峨天皇の頃――

帝が、篁を宮中に呼んでその才を試したことがある。

この当時、すでに唐の詩人である白楽天の詩集『白氏文集』は本朝に入っている。しかし、それは帝の私蔵物であり、もちろんまだ篁はそれを眼にしていない。

その中《うち》より、

閉レ閣唯聞朝暮鼓
登レ樓空望往來船

という句を抜き出し、〝空〟という字をわざと〝遥〟と書き改めて、帝がこれを篁に見せた。

「どう想うか」

問われた篁は、

「なかなかの佳作ではございまするが、遥とありますのを空と改めますれば、さらにぐあいがよろしかろうと存じます」

よどみなくこのように答えたという。

また、ある時——

嵯峨天皇が内裏に札を立て、これに何か書くように篁に命じた。

篁がこれを断ると、どうしても何か書けという。

そこで篁は、筆をとり、ただの三文字をさらさらと書いて見せた。

無悪善

これが帝には読めない。

しかし、読めぬというのは癪《しゃく》であるから、篁を退出させて、他の者を呼んでこれを見せたが、やはり読むことができない。

十日ほどたった頃、高野山から空海が帝を訪ねてきた。

空海と言えば、当代きっての能書家であり、文章家である。

唐に渡って本朝に真言密教を持ち帰ってきた高僧であった。

「どうだ、これが読めるか」

問えば、空海は真面目な顔で、

「はい」

とうなずく。

「読んでみせよ」

「読めませぬ」

「今、読めると言うたではないか」

「申しあげました」

「何故読めぬ」

「ですから、読めまするが、それをここでお読みすることはできぬということでございます」

「そう言わずに読め」

だだっ子のように嵯峨天皇は言った。

「これは、本人の小野篁殿をお呼びして、読ませるべきもの。わたくしがここで読むべきものではありません」

空海は、そう言って、高野に帰っていった。

嵯峨天皇も、文書家であり書を能くした。

自信がある。

だから、篁に読めぬから読んでくれというのは、自分のプライドが許さない。

しかし、ついに好奇心に負けた。

篁を呼び、苦い顔で言った。

「しばらく前におまえが書いていったあれだが……」

声が小さくなる。

「どうなされました」

「実は、読めぬのだ」

正直に告げた。

「読んでみせよ」

言われた篁は、

「読めませぬ」

空海と同じようなことを言った。

「読めぬことがあるか。あれはおまえが書いたものではないか。朕《ちん》は、恥を忍んで、あれが読めぬとおまえに言うたのだぞ。これでも読まぬというか」

そこまで言われては、篁も否とは言えない。

「わかりました」

「おう、読むか」

「読みますが、ひとつ、お約束をしていただけまするか」

「何だ」

「わたくしが読んだ後で、けしてお怒りにならぬことをでござります」

「そのようなことが書いてあるのか」

「はい」

帝は声を詰まらせた。

しかし、好奇心にはかなわない。

「わかった。怒らぬから読め」

「はい」

うなずいて、背を伸ばし、

「さがなくてよからん」

澄ました顔で、篁は言った。

「何⁉」

一度聴いただけでは、嵯峨天皇もその意味がわからない。

「今一度申せ」

もう一度読むことを篁に命じた。

「さがなくてよからん」

篁は、動じた風も見せずに、また同じ顔色でそれを読んでみせた。

さすがに、二度目で、帝もその意味がわかったらしい。

「おのれ、篁」

顔に血を昇らせて、

「朕が居ないことが善《よ》いと言うか」

声を荒くした。

〝さが〟とは、生まれつきの善悪のことであり、『節用集』にも〝悪〟を〝さが〟と読ませている例がある。

「無悪」

と書いて、

「さがなし」

と読ませている。

つまり、〝悪無《さがな》し〟と〝嵯峨無《さがな》し〟を掛けているのである。

嵯峨天皇を悪であると言っているも同じであり、しかも嵯峨天皇がいないのが良いと言っているのである。天皇が怒るのも無理ない。

「怒らぬと申されました」

静かに篁が言えば、帝も、顔を赤くして口をつぐむしかない。

「わかった」

嵯峨天皇は言った。

「しかし、ではこれはどうだ。これがおまえに読めるか」

嵯峨天皇は、筆を持ってこさせると、紙に次のような文字を書いてみせた。

〝一伏三仰不来人待書暗降雨恋筒寝〟

これを、さっそく篁は、

「月夜には来ぬ人待たるかきくらし雨も降らなん恋ひつつも寝ん」

と読んだ。

「むう」

嵯峨天皇、言葉もない。

それが正解であったからである。

「〝一《ひと》つ伏して、三仰《さんあふ》ぬけるを月夜と云ふなり〟と、さる書にござりますれば――」

〝一伏三仰〟

これを〝月夜〟と読み解けるかどうかが問題であったのだが、これは『十訓抄《じつきんしよう》』によれば〝わらはべのうつむきさい〟というものに書かれていることであるという。

それが、どういう書であるかはわかっていないが、ここで帝が出題した以上、よもや篁が読んでいなかったであろうと考えていたことは明らかである。それほど珍しい書であったのであろう。篁の教養たるや、底知れぬものがある。

「ならば、これはどうだ」

嵯峨天皇は、またもや筆を手に取って、次のように書いてみせた。


〝子子子子子子子子子子子子〟


子という字を、十二文字書いたのである。

「ねこの子の子ねこ、ししの子の子じし」

これもまた、あっさりと篁が読んでみせた。

子という字は、〝ね〟〝こ〟〝し〟、それらのいずれにも読むことができるからである。

ここに至って、ついに嵯峨天皇は折れた。

「篁よ、おまえにはかなわぬ」

言われても、篁は喜んだような顔をしない。

ただ、黙って静かに頭を垂れただけであった。

小野篁——

可愛気という人の徳からは、およそ、遠い人物であった。

しかし、才ばかりは、その身体から溢れ出さんばかりにあった。

嵯峨天皇は、その人物ではなく才を愛したのである。

承和三年――

遣唐副使に任ぜられた篁は、七月二日、唐へ向かって筑前を出発した。

しかし、これが大風にあって難船し、篁は渡唐を果たせなかった。

翌承和四年に再び篁は遣唐使船に乗ったが、これもまた大風にあって、渡海がならなかった。

さらに翌年の承和五年、三たび遣唐使船が出されることになった。

全部で四船。

大使が藤原常嗣《つねつぐ》。

副使が小野篁。

ところが、第一船に大使が乗り込んだところ、船に穴が開いて水が漏れていた。

そのため、篁が乗るはずであった第二船を大使が乗る第一船とし、篁は、第二船となったもと第一船に乗ることとなってしまった。

これを不服として、篁は船に乗らなかった。

以二己福利一代二他害損一

論二之人情一

是二為逆施一

既無㆓面目㆒
何以率㆑下

篁はこのように言って、結局唐に行こうとしなかったのである。

それはかりではなく、「西道謡《さいどうよう》」なる遣唐の役を風刺する文章を書いて、こともあろうにそれを朝廷に送りつけた。

それは今は残ってはおらず、どのような内容であったかは推し量るしかないが、かなり辛辣《しんらつ》なものであったろう。

『続《しょく》日本後紀』には、その文章について、

〝其詞牽興多犯㆓忌諱㆒〟


とある。

嵯峨太上天皇が、これに怒り、ついに小野篁を隠岐《おき》国に配流してしまった。

承和六年、正五位下の官位も剝奪《はくだつ》され、篁は庶民となってしまったのである。

摂津《せっつ》の難波《なにわ》から、船で隠岐国に向かおうとするおりに篁が詠んだのが、『古今和歌集』にも入っている歌である。

わたの原やそしまかけてこぎいでぬと人にはつげよあまのつり舟

しかし、その翌年の承和七年には、もう、篁は罪を許され都にもどり、正五位下に復位している。

官位の剝奪は、当時の宮廷人にしてみれば死にも等しい刑であるが、篁の場合、ほんの一時、庶民となって自由気儘《きまま》に遊んでいたのではないかとさえ思えてしまう。

この異例ともいえる復位の裏には、何か見えぬ力が働いていたとしか思えない。

承和三年と四年は、出港はしたが遭難。五年は、篁は拒否したが遣唐使自体は成功。

篁が、唐へ向かおうとしたおり、三度が三度とも、うまくいかなかったことについても、その裏に何かの力が働いていたのではないか。

三

高藤卿が、小野篁らしい人物を見かけたのは、参内をすませ、車で二条大路を自分の屋敷へ帰るおりのことであった。

夕刻である。

日も暮れかかろうかという時——

車の中が暗いので、外の明りを入れようと、軽く簾を持ちあげた時に、偶然、高藤卿はその姿を眼にとめたのである。

ちょうど、神泉苑《しんせんえん》の前にさしかかった時であった。

白い狩衣姿の人物が、北門から神泉苑の中に入ってゆくところであった。その後ろ姿が、篁そっくりであったのである。

「おい——」

高藤卿は、従者に声をかけて車を停めさせた。

車を降りると、

「しばらくここで待て」

供の者たちに告げて、歩き出そうとした。

「どちらへいらっしゃるのですか」

従者たちのひとりが訊ねた。

「神泉苑までじゃ」

「おひとりでいらっしゃるのですか」

「うむ」

「それは危のうございます」

従者たちが止めた。

「夜ともなれば、怪《あやか》しが出、百鬼夜行が現われると言われております」

確かに神泉苑とは、そのようなところであった。

そもそもは、唐の長安城の南東にあった興慶宮《こうけいきゅう》を模したもので、空海などは何度かこの地で雨乞いをし、数々の不思議をなしたところである。

夜にここを訪れた多くの者たちが、ここで怪奇に逢い、病を得たり死んだりしている。

「わかっている」

高藤卿は言った。

自分は、すでにその百鬼夜行を見たことがあるのである。しかもそれは、今、神泉苑の中に入っていった小野篁が見せてくれたものだ。

小野篁と一緒であれば、百鬼夜行もおそろしくはない。

しかし、それは口にできない。

「わたくしが、一緒に参りましょう」

従者のひとりが言ったのだが、

「いらぬ心配はするな」

高藤卿は、独りでゆくと言いはった。

もしも、あれが、小野篁であれば、他の者が一緒についてくるのはいやがるであろう。

しかし、自分独りであれば——

高藤卿はそう思った。

もしも夜であったのなら、自分もこのような無茶は言わぬであろう。しかし、陽は山の端に没したばかりである。まだ外は明るい。

もう、半刻ほどは、灯りなど点《とぼ》さずとも動くことができる。

問題は、先ほど見た後ろ姿が、本当に小野篁のものであるかどうかだが、確かにあれは篁であった。

女のようにも見える、やや撫で肩のあの線には見覚えがある。

「いったい、何をしにいらっしゃるのですか」

従者たちが問うても、高藤卿は答えず、

「そこで待て——」

そう言い残して、神泉苑の中に入ってしまった。

門より中へ入ってみたが、篁の姿は見えない。

池の方へ行ったのかと、歩き出してみたものの、中は広く、森のように木立が繁っている。

長い間手入れがなされていないためか、散った木の葉が何層にもなって地面を埋め尽くしており、それを踏む沓《くつ》の感触が柔らかい。

青葉の頃であった。

頭上で、楓《かえで》や桜の葉が、さやさやと風に音をたてている。あたりは、しんと静まりかえって、耳に聴こえてくるのはその葉擦《はず》れの音ばかりである。

すでに、高藤卿は、後悔しはじめていた。

周囲は、もう薄暗い。

外よりも、神泉苑の中の方が、ずっと暗いのではないか。

独りでやってきたものの、篁にこれといって何か用事があるわけではない。

どうして、入ってきてしまったのか。

篁がいたとして、いったいどうするつもりであったのか。姿を見かけて、思わずここまで追ってきてしまったが、篁は、自分が来るのを嫌がるかもしれない。

いや、嫌がるであろう。

冷静になって思えば、自分に、何か奇妙な力が働いたとしか思えない。

池を半分くらいまわり込んだ辺りで、高藤卿は足を止めた。

もう、引き返すつもりであった。

と――

今来た方向へ向きなおろうとした時、向こうの暗がりに、白っぽいものを高藤卿は見つけていた。

篁であった。

篁殿——

そう声をかけようとしたのだが、高藤卿は、開きかけた口をつぐんでいた。

篁の横に、もうひとりの人間が立っているのが見えたからである。

しかも、それは、唐衣《からごろも》を着た女であった。

どうして、このような所に、唐衣を着た女がいるのか。

見れば、従者らしき者の姿もない。

それに、さきほど神泉苑に入っていったのは、篁ひとりのはずであった。

おそらく、この女は、篁と申し合わせて、ここで会うことになっていたのだろう。女の方が先にここへ着いて、独りで篁の来るのを待っていたのだ。そう考えれば、ここに女のいることは説明がつくが、しかし、この女は、いったいどうやってここまでやってきたのか。

どこかに車の停まっている気配もなく、門の外にも、停まっている車はなかった。

篁も、女も、徒歩《かち》でここまでやってきたのか。

女の肌の色が白い。

十五歳か十六歳であろうか。

その女と篁は何やら話をしているらしい。

声は、高藤卿のいるところまでは届いてこない。

何を話しているのかはわからないが、女は、泣きながら何か恨みごとを切々と篁に訴えているようであった。それを、優しく篁が聴いてやっている——そんな風にも見えた。

そうかと思えば、何やら、甘やかな睦言を、樹下でかわしているようにも思えた。

立ち去った方がいい——心の中ではそう思っているのに、高藤卿の足は動かない。

声をかけそびれたまま、高藤卿は、木立の陰から、ふたりを見つめている。

しばらくして、どうやら、ふたりの話は終ったような気配である。

これから、どうするのかと眺めていると、不思議なことがおこった。

女の姿が、薄くなってゆくのである。

高藤卿の眺めている前で、女の姿がどんどん薄くなってゆき、その身体を透かして、その後ろにある風景までが見てとれるようになった。

おう——

という声を高藤卿が呑み込んだ時、ふっと女の姿が消えていた。

あの女、幽鬼であったのか——

しかし、女が消えても、別に篁は驚く風ではない。

高藤卿が、声もたてられずに眺めていると、篁は、右の袖を両の眼頭にあて、涙をぬぐっている様子である。

とんでもないものを見てしまった――高藤卿は、思わず視線をそらせて、天を仰いだ。
こともあろうに、あの小野篁が、人知れず泣いているところを見てしまったのである。
急におそろしくなった。
何だかわからぬが、自分は、篁の秘密を覗いてしまったらしい。
見あげた頭上で、青葉が妖しくざわめいている。
高藤卿は、呼吸を整え、視線をもどした。
しかし、そこには、すでに篁の姿はなかった。

四

高藤卿は、落ち着かぬ日々を過ごしていた。
神泉苑で、小野篁と女が逢っているのを覗いてしまってからだ。
あの日――
しばらくあの場所から動けなかった。
動けば、篁に会ってしまいそうな気がした。
高藤卿が、ようやく歩き出したのは、ほとんど夜になってからである。
外へ出ると、松明《たいまつ》を手にした従者たちが駆け寄ってきた。
「よく御無事で――」

待て——と言われてはいたのだが、あまりに高藤卿の帰りが遅いので、捜しにゆこうとしていたところであったのだという。

「大事ない」

高藤卿は言った。

「それよりも、誰か、神泉苑から出てこなかったか」

高藤卿の前に、従者たちは首を左右に振った。

「いいえ、御主人様の他は、誰も出てはまいりません」

では、篁はまだ、この神泉苑の中にいるのか——そう思ったが、高藤卿は、そのことは口にしなかった。

そういうことがあったのである。

何故、神泉苑の中に入ったのか、そこで何を見たのか、高藤卿は、これまで誰にもしゃべってはいない。

しかし、気になる。

篁に、いつも若い女がよりそっているという噂は本当であったのだ。

しかもそれは——

〝生ける方ではない〟

高藤卿は、唇がそう動きそうになるのを、危うくこらえた。

当の篁とは、あれから、宮中で何度か顔を合わせている。
会えば、いつもと同じように挨拶を交す。
これまでと同じだ。
どこといって、かわった風はない。
しかし――
と高藤卿は思う。
おそらく、篁はあのことを知っていよう。
自分が、神泉苑で見てしまったことを。
いや、必ず知っているに違いない。
では――
「何故、ご覧じなされたのか」
どうしてそのように言わぬのか。
いっそ、言われた方がすっきりする。
それとも、本当に気づいていないのか。
いいや、そんなことはあるまい。
自分は、篁が、鬼たちと挨拶を交すのを見ているのである。あの世に行った時にも、
篁を見ている。小野篁は、この世と冥界とを、生きながら自由に行き来している人物で

ある。

その篁が、自分に気づかぬわけはない。

何も言わぬということは、このままにしておけばよいということなのか。

そう思っても、常とかわらぬ篁に会い、常とかわらぬ挨拶を交しているのが心苦しい。

ついに、高藤卿は我慢ができなくなった。

ある時、機会を見て、ひそかに篁を呼び寄せ、ふたりきりになると、高藤卿は、

「すまぬ」

そう言って頭を下げた。

「何をお謝りになるのですか」

篁は、静かな口調で言う。

「実は、見てしまったのだ」

「はて、何のことでしょう」

「神泉苑でのことだ」

高藤卿は、篁の姿を見かけ、後を追って神泉苑まで入っていったことを、申しわけなさそうに告げた。

「いらっしゃるのは、存じあげておりました」

篁は言った。

「よかったのか？」

高藤卿は問うた。

「何がでしょう」

「あれを、見てしまったことだ」

正直に高藤卿は告げた。

「よいも悪いも、見てしまったことはもう見てしまったことです。お謝りになられるようなことではありません」

「しかし――」

「貴方さまのお口の堅いことは、よく存じあげております」

篁の声の調子には、どのような変化もない。

しかし――あの時、そなたは泣いていたのではなかったかと、そう問おうとしたのを、高藤卿はあやうく思いとどまっていた。

そこまでは言えない。

「わたしに、何か、できることはないか」

高藤卿は、そのような言い方をした。

「できること？」

「いや、別にこのわたしが、何かについて、そなたよりも上手に事を為すことができるということではない――」

言葉を捜すように、口ごもり、

「つまり……」

困ったようにいったん口を閉じてから、

「そなたには、わたしはたいへん世話になっている」

そう言った。

篁は、沈黙したまま、高藤卿を眺めている。

高藤卿は、顔を赤くしながら、

「何か、力になれるようなことがあればと思ったのだが……」

そう告げた。

篁の顔に、小さく微笑が浮いた。

ほんのりと、微《かす》かに点《とも》った灯りのような笑みであった。

「高藤卿……」

篁は、微笑を消さずに言った。

「貴方は、よいお方です」

ほろりと、その唇から、小石がこぼれ出てくるような言い方をした。

「ひとつ、物語などいたしたいのですが、お聴きいただけますか」

「物語？」

「ささやかな物語です」

「もちろん、うかがいますよ」

高藤卿は答えた。

篁は、高藤卿を見つめながら、ひと呼吸、ふた呼吸、自分の心の裡《うち》に、その物語を捜そうとするかのように沈黙した。

やがて――

高藤卿の顔から、いつとはなしにその視線が離れ、

「これは……」

篁は、誰に言うともなく唇を開いた。

「昔、あるところに住んでおられた、姫の物語です」

そうして、篁は、その物語を始めたのであった。

五

都の、ある屋敷に、娘がいた。

〝親の、いとよくかしづきける、人のむすめ、ありけり〟

親に大切に育てられ、子供の頃から歌を詠み、女が身につけねばならぬ教養のほとん

どは、すでに身につけていた。

著者不明の『篁物語』は、このように書き出されている。

「次は、いよいよ書《ふみ》だな」

そう言ったのは、父親の岑守《みねもり》である。

「何も、書まで習わせなくともよいのではありませんか——」

母親や、周囲の者たちはそれに反対をしたのだが、岑守は、それを聞かなかった。

書——つまり、これは漢籍のことである。

実は、この娘には兄がいた。

この兄は、大学の学生であり、異腹であった。腹違い——娘とは母親が別である。

岑守が、この時頭に思い浮かべたのが、この兄のことであった。

「兄をつけて、娘に書を習わせるべし」

この兄と妹は、疎遠であった。

ほとんど顔を合わせたことはなく、互いに相手がどういう人物であるのかわからない。

娘は、兄を師とするのを嫌がったが、

「まるっきりの他人よりはよかろう」

と、親がこれを決めてしまった。

この兄というのが、小野篁である。

しかし、篁は、高藤卿に話をする時には、わざと自分の名は口にしていない。

〝兄〟

篁は、自分のことをそのように表現した。

間に簾を垂らし、さらに几帳を立て、このふたつのものをへだてて、娘は篁から書を習うこととなった。

これが、夏――青葉のころのことである。

いくら簾と几帳をへだてているとはいえ、兄が娘の顔を見る機会はあり、簾越しであろうと、近くにいれば、多少はその顔の様子も互いにわかる。

娘の貌立《かおだ》ちはといえば、これがたいへんに愛らしい。

簾と几帳越しに交す声も、艶《なまめ》かしかった。

兄は兄で、男ではあるが女のごとくに肩が細く、肌の色も白い。

眉目秀麗――唇はほんのりと赤く、立居振舞いも折目正しく、容姿はこの世の者ならず美しい。

「あのように美しい者は、かえって早死にをするのではないか」

若い頃から、本人の知らぬところでそのように言われており、その噂は、当然娘の耳にも入っている。

会って見れば、その噂通りに――いや、噂以上に、美しい兄であった。

初めは、互いに、書を教え教えられるということをしていたのだが、毎日会ううちに、だんだんとよもやまの物語などもするようになった。

兄は、象牙《ぞうげ》の角筆《かくひち》を使って、娘に教えていたのだが、その角筆を持つ指は、象牙よりも白く、細い。

ある時――

兄が、書を読むのに必要なヲコト点を示す点図《てんず》を娘に渡したのだが、それに、歌が一首、したためてあった。


なかにゆく吉野の河はあせななん妹背《いもせ》の山を越ゑて見るべく

わたしたちふたりをへだてている吉野川の水が浅くなってしまえばいい。そうすれば、妹背の山を越えてあなたに会いにゆくことができように――

このような意味の歌である。

この簾がなければ、あるいは、あなたとわたしが兄と妹でなければ、あなたともっとちゃんと逢うことができるのにと、兄は娘に言っているのである。

娘から返歌があった。

妹背山かげだに見えでやみぬべく吉野の河は濁れとぞ思ふ

妹背山の影さえ見えぬままになってしまうほど、吉野川の水には濁っていて欲しいとわたくしは思っているのですよ——という女の歌に対して、さらにまた兄は歌を作った。

にごる瀬はしばしばかりぞ水しあらば澄みなむとこそ頼み渡らめ

川の水が濁るといっても、それはわずかの時間だけであり、水が流れていれば、いずれ川は澄むのです。そうしたら、わたしは、あなたに逢いにゆくことができるでしょう。これに対して、娘はまた歌を返した。

淵瀬《ふちせ》をばいかに知りてか渡らむと心を先に人の言ふらん

昨日の淵が今日は瀬になってしまうように、明日をも知れぬのがこの世であるというのに、あなたにどうしてわたしの心がわかるというのですか——このように言われて、兄はまた歌を送った。

身のならむ淵瀬も知らず妹背川降り立ちぬべきこゝちのみして

淵となるか瀬となるか、自分のことなど何もわかりません。わたしはただただ妹背川を渡ってあなたに逢いに行きたいだけなのです。

このようなやりとりを、簾越しに続けながら日を重ねるうちに、自然に、ふたりは心を通い合わせるようになった。

しかし、まだ、ふたりの間には何もない。

兄と妹というその関係を、どちらもすぐには踏み越えることができなかったのである。

師走《しわす》の頃——

月の明るい晩に、ふたりは簀子《すのこ》の上に座して、月を眺めていた。

冴えざえとした月光の中で、見るともなく庭を見、ぽつりぽつりと物語などしてはいるが、互いに心にかかっているのは相手のことである。

簾を取りはらい、素顔を見るまでは男の方にも勢いはあったのだが、しかしここから先は、兄と妹——血という深い川がふたりの間には流れている。

この川の岸に立って、ふたりはあたりさわりのない話をするしかなかったのである。

ふたりが月を眺めているその姿を、たまたまある人が見かけ、

「師走の月を眺めるとは、なんとも興醒めなことをしているものだ」

このように声をかけた。

兄――篁はこう言われて、黙っているような人物ではない。

即興で、さらさらと歌を詠んだ。


春を待つ冬のかぎりと思ふにはかの月しもぞあはれなりける

それに対して、ある人が歌を返した。

年をへて思ふもあかじこの月はみそかの人やあはれと思はむ

『篁物語』では、この〝ある人〟は、〝人〟としか記されてないが、おそらくはふたりの父親か、父の命を受けて、それとなくふたりの様子を見に来た者であろうと思われる。

父の岑守は、ふたりの心の裡を、薄々に感づいていたのであろう。

そんなことをしていないで、そろそろ家に帰って寝たらどうか――〝人〟の言葉にはそのような含みが感じられる。

これに対して、才気溢れる篁が、これがこの冬最後の月と思えば、たとえ師走の月であろうと、しみじみと感じられるのですよと歌で答えているのである。

兄——篁のこの歌に対して、どんな月を眺めたって、密《みそか》ごとの最中のふたりにとっては、さぞやしみじみとしたものでしょうよと、〝人〟は歌で返しているのである。

兄と妹がこの歌の密ごとの当事者であると、その歌が言っているようにもとれるし、一般論のようにもとれる。

このあたりの微妙な按配《あんばい》が、若いふたりをひそかにたしなめているようであり、なかなか意味の深いところである。

この〝人〟が去った後、女は、

「あまり遅くまで、ふたりでいると、変に思われるわ」

と、奥に引っ込んでしまうのである。

この台詞を、『篁物語』は、

〝人うたて見んもの〟

と女に言わせている。

〝人〟が、父親か、あるいはその命を受けてやってきた人物であるなら、みごとにその役目をはたしたことになる。

独り、月光の中にぽつんと若い篁が取り残されている。

六

年が明けて、二月——

初午《はつうま》の日に、願をかけることがあって、娘は伏見稲荷神社に参詣《さんけい》することとなった。

供の人間は、女房が二人、童女《めのわらわ》が二人。

これに、篁が加わって、総勢六名の参詣であった。

女房たちは、思い思いの色の袿《うちぎ》を着、童女二人は、いずれも柳色の袿を着ていた。

娘は、綾のかいねりの単襲《ひとえがさね》。唐のうすものの桜色の細長を着、その上に花染めの綾の細長を着ていた。

髪は、身の丈より、一尺ほども余る長さがあった。普通の人にはない艶があり、黒とはいっても、その髪の色は、眺める角度によって様々な色あいに変化をした。まるで、髪に不思議の神が宿っているようであった。


顔も、あやしく世人には似ず、めでたくなんありける。


この世の者とは思われぬほどに、はかなげで美しい貌《かお》をしていた、とある。

どこかあやうい、陽の光に当たれば、融けて消えてしまう雪のようでもあった。

京城より、車で出かけたのだが、

「気持ちがよい風が吹きますので、歩きましょう」

と娘が言い出して、車を停め、そこに童女を置いて、一同は歩き出した。

いずれにしても、稲荷に詣るには、どこかで車を下りて歩かねばならない。

さて、参詣がすんでの帰り、娘がことのほか、疲れた様子であったので、兄篁はこれを見て、その傍らに寄りそい、その肩に手を置いて言った。

「お疲れなれば、この篁が肩にかかり給え」

「いで、いないな」

いいえ、お気を使わないで下さいと言って、娘は、篁の手をのがれ、ちょうどよい大きさの石が道の傍らにあったので、そこに座って休んだ。

そこへ、たまたま参詣で一緒になった二十歳《はたち》ばかりの若い男が車で通りかかった。

様子は、兵衛府《ひょうえふ》の次官ほどかと見える人物で、この男が娘を見て、

「どうかなされたのですか」

簾をあげて声をかけてきた。

「どちらの姫かは存じあげませんが、見れば、たいへんお疲れの御様子です。お気の毒に、車にも乗らずにこちらにいらしたのですか」

娘はこれに答えようとしたのだが、篁が男の言葉を無視して、そしらぬ顔でいるので、

娘も黙ったままでいた。

すると、この男は、自分もそこで休むような風情で車を下り、

「かしは車作りて、この辺《わた》りなる木崎《きさき》の屏にすえ奉らん」

また、娘に声をかけてきた。

この男も、篁を無視している。

木崎と后《きさき》をかけて、車のないあなたのために、唐車を作ってさしあげて、あなたを后のように大事にしたいと、男は娘に言っているのである。

「あなたを后とするならば、さて、帝には誰がよろしいでしょうね」

この自分ではどうかと、男は、言外に言っている。

篁は、これも聴こえぬふりをしている。

娘は、篁を置いて、この男に答えるわけにもゆかない。

篁は、女房たちに破子《わりご》——弁当の箱を出させて、そこで食事を始めた。

この若い男を先にゆかせるためである。

しかし、この兵衛佐《すけ》の男は、篁が迷惑がっているのを気にもせずに、供の者に硯《すずり》と墨と筆を用意させ、さらさらと紙に何やら書き始めた。

紙に書きつけたそれを、わざわざ供の者に持たせて、近くにいる娘の元へ届けさせた。

歌であった。

人知れぬ心たゞすの神ならば思ふ心をそらに知らなん

これに、娘が歌を返した。

社《やしろ》にもあだきねすゑぬ石神は知ること難《かた》し人の心を

これに対し、さらに歌を返そうとして、兵衛佐の男は、また何やら歌を作り始めた様子である。

これには、さすがに篁も辟易して、

「では、ゆきましょう」

食事もそこそこにその場を立ちあがり、男をそこに残し、妹をうながして、そこから立ち去ってしまった。

しかし、男もそれであきらめるようなことはしなかった。

「いずくにか率《い》て往《い》ぬる」

兵衛佐は、人をやって、娘の車の後を尾行《つ》けさせて、ついにその屋敷を見つけてしまったのである。

七

翌朝、娘の方は、顔を上気させて目を覚ました。

起きあがってもまだ、ほんのりと頬に血の色が差している。

昨夜は、あまり眠っていない。

篁のことを想い出していたからである。

昨日の篁は、いったいどうしてしまったのか。いつもは、澄ました顔をして何を考えているのかわからない篁が、昨日は自分の感情を露わにしていた。これまで、篁からは、何度となく歌をもらってはいるが、もしかしたらこれは単に自分がなぐさみものになっているだけのことなのかもしれないという気持がぬぐいきれなかった。

兄が妹をからかって、遊んでいるだけなのではないか。

本心であるはずがない。

もし、本心であるにしても、兄と妹である。

どうして恋などできようか。

その篁が――

なんと昨日は、嫉妬していたのではないか。あのような篁を、初めて見た。

あの冷静な篁が、嫉妬で心を乱している――それがわかった時には、心臓の鼓動が速くなり、頰に血が昇った。

そんなことを、ひと晩中考えていたのである。

よく眠れなかったが、気持は高揚している。

そこへ、兵衛佐の使いだという童男《おのわらわ》がやってきて、娘に文を差し出した。

見れば、

神様があなたの家を教えて下さったので、こうして、文をお届けすることができるのです。

あの石神の御もとにて、今日またお逢いできませんか。


そのようなことがしたためてあった。

「御返事をいただいて来るように仰せつかっておりますので——」

童男が庭先で待っていると、それを篁が見つけてしまった。

「この童はいずくから来たるぞ。いずれの好き者の使いぞ」

篁がそのように言ったので、童男はすっかりあわててしまい、返事をもらわぬまま帰っていった。

翌日——

今度は、篁が、大学へ出かけていて留守の時を見はからって、また童男が、兵衛佐の文を持って娘を訪ねてきた。

その文に——

あとはかもなくやありにし浜千鳥おぼつかなみに騒ぐところか

このような歌が添えてあった。

その歌に対して、

たまぼこの道交《みちか》ゐなりし君なればあとはかもなくなると知らずや

娘は、このように歌を返した。

兵衛佐は、娘の姿が消えてしまったことを、砂の上につけられた浜千鳥の足跡が消えてしまうことにたとえて哀しんでみせている。

これに対して、娘の方は、道の通りすがりに会っただけのあなたですから、何のあとかたも残らず消えてしまうというのは、自然なことではありませんかと答えているのである。

さらに、兵衛佐は歌を送ってきた。

しば〳〵にあとはかなしと言ふことも同じ道には又もあひなん

いつもの童男が、その文を持ってやってきたのだが、たまたまこれを最初に見つけたのが篁であった。

篁は、妹のかわりにそれを受け取り、文を読み、歌を目にした。

「せっかく、文をいただいたのだが、これを読むべき方は、今はこの屋敷にはおらぬのだ」

このように篁は言った。

御文奉り給ふ人は、昨夜《よべ》、男に盗まれ給ひしかば、求めに行くを。もし、この御文賜へる人とも知らず。うち率て行け。

「実は、こちらの御方は、昨夜、男に盗み出されてしまったので、これから私が捜しにゆこうと思っていたところなのだ。もしかしたら、盗み出したのは、この文を下さった方かもしれぬ。ちょうどよいから、その人のところへ、私を案内してはくれぬか――」

童男は驚き、慌てて兵衛佐の男のところへもどってこれを報告した。

それきり、男からの文は届かなくなった。

また、いつもと同じ日々が、篁と娘との間にもどったのだが、ある時、漢籍を教えている最中に、ふと姫の唇から、

「最近は、届かなくなったのね」

このような言葉が洩れた。

「何のことでしょう?」

篁は訊いた。

「伏見でお逢いした方のことです。一時は毎日のように文が届いていたのに、この頃は何も届かなくなって――」

何気なく口にした言葉であり、もちろん、娘は、使いの童男が最後に来たことも、その童男に兄の篁が何を言ったのかも知ってはいない。

しかし、これを聴いた篁は、その表情のない顔から、さらに表情を消して、

「まだ、そのようなことを、おっしゃるのですね」

硬い声でつぶやいた。

篁は、次のように言った。

道あひの、知りも知らぬ人に、文かよはし懸想《けさう》じ給ふ、人の御心こそありけれ。かの人は、御妻《め》にやがてあはせ奉らん。仲人《なかうど》こそよからめ。ゆるされたまはでは、不用ぞ。

「貴女《あなた》は、道で出会ったばかりの、見ず知らずの人と文をやりとりし、そういう人を好きになってしまうような方だったのですね。あの方は、いずれ、貴女を妻にむかえることになるのでしょう。仲人は、あった方がよろしいですよ。親に許されない縁組はいけません」

かなり意地の悪い言い方をした。

「どうして、私があの方の眼にとまるというのですか。私は、あの方のことを、少しも存じあげないのに、あの方のことを懸想《おも》ったりすることなどあるわけはないでしょう」

「貴女は、男と女のことを知らないからそんなことを言うのです。懸想うとか懸想わないとか、そういう機微は、本人でさえよくわからぬことがあるのです。貴女が口でおっしゃるほど、男女のことは簡単なものではありません。貴女は、本当に世馴《よな》れない方なのですから――」

「私が、まだ子供だとおっしゃるのですか」

「そうは言っておりません」

「世馴れぬ女であるとおっしゃいました」

「そうではありません」

「では、何なのでしょう」

「世馴れぬ貴女だからこそ、貴女だからこそ――」

篁は、しゃべっているうちに自分の裡《うち》から溢れてくるものを抑えきれなくなったのか、唇を閉じた。

しかし、娘は娘で気持ちがたかぶっている。

「どうせ、私は、貴兄《あなた》のおっしゃるように、世の中のことなどまるでわからない女ですから――」

娘は立ちあがり、そのまま奥に入っていってしまったのであった。

八

翌日から、また、何事もなかったかのように漢籍の勉強が始められたが、篁の心に浮かぶのは、今、簾越しではあるけれども、眼の前にいる娘のことばかりで、教えることにも身が入らない。

娘の方も、上の空で、心がどこかへ行ってしまったようである。

そのまま、数日が過ぎた。

「どうなされたのですか?」

娘が声をかけてきたのは、その日、篁が、三度も同じ箇所について教えてきた時であった。

「そこを教わるのは、今日、それで三度目です」

「姫よ……」

篁は、喉に何かつかえているものを、吐き出すように言った。

「私は、心がどこかへ行ってしまったようなのです。苦しくて苦しくて、息をするのも、実はままならぬありさまなのです。お許し下さい。先日は、貴女にたいへん失礼なことを言ってしまいました。こんなに近くにいるのに、貴女が、私ではなく、別の方のことを、その心の裡で想っていらっしゃるのかと思うと、この胸が裂けてしまいそうになるのです」


目に近く見るかいもなく思ふとも心をほかにやらばつらしな

このように篁は歌を詠んだ。

これに対して、娘は、簾のむこうで苦しそうに溜め息をつき、

「貴兄こそ、男女のことをおっしゃるくせに、女の私の心を少しもわかって下さらない

のね」

こう言って歌を返した。


あはれとは君ばかりをぞ思ふらんやるかたもなき心とを知れ

「気を回して、貴兄のお心の中だけで、私のことを決めてしまわないで下さい」

この娘の言葉に、さらにまた篁は歌を詠んだ。


いとゞしく君が歎きのこがるればやらぬ思ひも燃えまさりけり

これを読んだ娘の唇から、

「ああ」

という細い声が響いてきた。

やがて——

簾の裾《すそ》がゆっくりと上へ持ちあげられてゆき、その下から、まず細い白い指が伸びてきた。

指。

手。

手首。

そして、腕――

娘の右手が、簾の下から何かを求めるように伸ばされて、宙をさまよった。

その手を、篁の両手が摑みとっていた。

「姫」

「篁さま」

さらに、娘の左腕が伸びてきて、ふたりは互いに相手の両手を握り合っていた。

こうして、ふたりは、漢籍の勉強の時間になると、逢い、手を握り合ったのだが、それは昼のことだけで、夜に会うことはままならなかった。

うちとけぬものゆへ夢を見て覚めて飽かぬもの思ふ頃にもあるかな

夜、貴女に逢うことができないので、貴女の夢ばかりを見ているのですと、篁は歌に詠んだ。

これに、娘が返歌を詠んだ。

いを寝ずは夢にも見えじをあふことの歎く歎くもあかし果てしを

毎夜娘の夢を見てしまうという篁の歌に対して、娘は、自分は毎夜貴兄のことを想って、眠ることができないので、貴兄の夢を見ることなどなく、ただただ、歎きながら夜を明かしているのですと、歌で告白をしたのである。

なにしろ、兄、妹のことであり、親にも周囲の者にも内緒にしなければいけないことであった。

しかし、ある夜、ついに篁は、ふたりの間にあった簾をはねのけるようにして、その向こう側に行ってしまったのである。

九

娘は、篁に抱きすくめられて、眼を覚ました。

初めは驚いたが、すぐに背後から自分の身体を抱きすくめているのが誰であるのかわかった。

なつかしい匂い。

そして、強い力。

「篁さま……」

「姫よ」

篁は、娘の耳元で、囁いた。

「貴女は、嘘をついておいでだったのですね。眠らずに起きて私のことばかりを想っていたのではなかったのですか」

「もし、私が起きていたら、きっと、声をあげて、貴兄はここまで入ってくることはできなかったでしょう」

「今は、声をあげないのですか」

「もう、貴男《あなた》は、私が声をあげて拒まねばならない場所を通り過ぎて、ここまで来てしまったのですもの」

「もう、私たちの間を隔てているのは、貴女が身につけていらっしゃる、そのお召しものだけです」

「篁さま」

「陥《お》ちましょう」

「いいえ、陥ちるのではありません。貴男のお心のままに、ゆくだけです」

そう言った娘の襟の合わせめから、篁の右手が滑り込んで、たっぷりとした重さの乳房を包んでいた。

ああ――

と娘は細い声をあげた。

掌の中で、堅く尖ってきたものを、篁は指の間にはさみ、そしてまた、指の先でつまんだ。

「篁さまのお指は、なんと色々のことをなさるのでしょう」

そう言った娘の頰に篁の手があてられ、顔を上に向けさせられた。

その顔の上に、背後から首を延ばしてきた篁の顔があった。

黒々とした瞳が、闇の中で見つめあった。

「篁さま……」

男の名をつぶやいた娘の唇が、篁の唇で塞がれた。

唇が離れ——

「篁さまの舌は、なんていたずらなのでしょう」

その間も、篁の手は、休んではいない。

優しく動き続けている。

「男女のこと、もっと色々のことを、篁さまは御存じなのですか——」

その問いには、篁は、言葉では答えなかった。

娘を仰向けにして、その上に、自分の身体の重さを優しく預けた。

「私は、そなたが、愛しい……」

篁は言った。

十

夜になると、篁は娘の元に通ってきた。

何度か逢瀬を重ねるうちに、娘は娘で、互いの口の中で、互いの血の温度を持った舌をなやましくからめ合うことの楽しさも覚え、自らすすんで篁のものにその白い指を延ばしてくるようにもなった。

最初に指先で触れてきた時、

「熱い」

娘はそういって、いったん手を引っ込めた。

それからまたおずおずと触れてきて、そして握った。

まるで、火の塊を握ったような心地がしたことであろう。

「こんなに大きなものが……」

娘の声には、不安と、怯《おび》えと、そして明らかな賛嘆の響きがあった。

これほどの堅さと容積を持ったものが自分の内部に入ってくるのだという驚きがまずあり、そして、それを受け入れてしまう女という自分の肉体の不思議さに感動しているのである。

篁は耳に口を寄せた。

「そなたの悦ぶことを、何でもしてさしあげたい……」

虎の呼気のごとくに熱い息を耳の中に注ぎ込まれると、理性も慎みも、何もかもがとろけていってしまい、娘は何が何だかわからなくなってしまう。

大きな嵐のうねりにさらわれ、波の上で弄ばれている一枚の木の葉になってしまったようである。

熱い温度を持った言葉を囁きながら、篁の舌が耳の穴をふさぎ、歯が耳朶《じだ》を嚙んでゆく。

「何でもして……」

「こんなことも？」

篁の指が動けば、娘の声が高くなる。

「そう」

「こんなことも？」

「そう」

娘は自ら腰をよじって、篁の指に押しつけてしまう。

浮かせた腰が動いてしまう。

「可愛い姫よ、そんなに動いたらこの実が逃げてしまうよ」

「だって——」

息を乱して、娘は言った。

「だって、篁さまの指が、こんなに上手にいじるんですもの」

娘は、眉をひそめ、歯を噛んでこらえている。しかし、こらえてもこらえても、その白い歯の間から声が洩れてしまう。

「もう、我慢できませぬ」

焚火《たきび》の中から、赤く焼けた枝を素手で取り出すように、娘はそれを握って自分にあてようとする。

「貴女の手は、何をなさろうとしているの?」

篁が訊く。

娘は、それには答えず、眼を閉じて、いやいやをするように、首を左右に振った。しかし、握ったものを放そうとはしない。

篁は、唇を娘の耳に寄せた。

「昼間は、澄ました顔で書を持っておいでになるその指で、この姫は何をしようとしていらっしゃるのですか」

娘は眼を開いた。

「なんていじわるなことをおっしゃるのでしょう」

娘は指に力を込め、

「貴兄だって、これをこんなに大きくなさっておいでのくせに――」

篁の首筋に、熱い息を吹きかけた。

「何のことでしょう」

わざととぼけた言い方をするが、篁の息も、娘と同様に、熱く、荒い。

一方がたかまれば、それにつられてもう一方がたかまり、一方がたかぶれば、それを追ってもう一方がたかぶってゆく。

「貴兄、わたしが好きなのでしょう。男の方は好きな女の方にいじわるをするのでしょう？」

顔を赤くして娘が言う。

「ええ、その通りです。その通りです」

「わたしのことが愛しいの？」

「愛しくて愛しくて、どうしていいかわからないのです」

身悶《みもだ》えするように言いながら、篁は、娘の乳房を摑《つか》み、それを吸ったり、嚙んだりする。

「篁さま」

「姫」

唇を吸い合い、舌をからめあって、いよいよ、背中がふたつで腕が四本、脚が四本の獣となってしまうと、ふたりの唇からは、もう意味のある言葉は出てこなくなる。

「ああ」

「もう」

そうして、東の空が白むまで、ふたりで一緒に過ごすというようなことが、幾夜となくあったのである。

十一

やがて、娘は身ごもった。

朝夕の食事をあまりとらなくなったが、かわりに、花柑子《はなこうじ》や橘《たちばな》などを欲しがって食べるようになった。

身ごもったと気づかぬうちは、親も、娘が欲しがるままに、花柑子や橘などを与えていたのだが、やがて、どうにも娘の様子が普通でないことに母親が気がついた。

〝月のものがないのではないか〟

それとなく人を使って、ふたりの様子をさぐらせてみれば、なんと、夜になると、兄が妹のもとに通っているではないか。

「おまえは、自分のしたことがどういうことかわかっているの」

母親は、強い口調で娘に言った。

もともと、兄の篁に漢籍を習わせたのも、しかるべき教養を身につけさせて、宮中へ上らせるためであった。

しかし、兄とただならぬ関係となって、子までなしてしまったとあれば、もはや宮中へ上らせるということはかなわない。

「もう、二度と逢うことはなりません」

娘を、部屋の中へ閉じ込めてしまった。

これを知った篁は、なんとか娘に逢わせてくれるよう頼み込んだのだが、母親はこれを聴き入れなかった。

「話をさせるくらいなら、よいではないか」

このように父は言ったのだが、母親は頑なにそれを拒んだ。

「大学の兄を、決して屋敷の中に入れてはなりませぬぞ」

家の者たちにこのように申しつけたので、警戒は厳重になり、篁は娘の部屋に近づくこともできなかった。

それでも、夜になれば多少は警戒の手が緩むので、それを待って、篁は屋敷の中に忍び込んだ。

件《くだん》の娘が閉じ込められている部屋の前までやってくると、なんと鍵穴まで土で塗り固められている。

途方に暮れて、部屋の近くをうろうろしていると、壁の一部に小さな穴の開いているところがあった。

篁は、その穴に唇を寄せて、小さな声で娘の名を呼んだ。

すると、娘が気づいて、穴の側に寄ってきた。

「なんとおいたわしい、このようなところに閉じ込められておいでとは――」

篁が言うと、

「お逢いしとうございました」

娘はさめざめと泣いた。

泣かれても、篁には、どうすることもできない。

切ない胸の裡を互いに語り合っているうちに、いつの間にか夜明けとなってしまった。

「また明日の晩にまいりましょう」

このように言い交わして、ふたりは別れた。

しかし、昨夜、篁がやってきたらしいということがわかって、夜の警戒がいっそう厳しくなり、ついにその夜は篁は約束を果たすことができなかった。

その次の晩も、篁は娘の元に通うことができなかった。

噂に聴けば、娘は食事もとらずに、部屋で泣き伏しているという。

篁は、居ても立ってもいられなくなり、せめて、何か娘に食べてもらおうと、自ら調理をして、それを顔見知りの雑色《ぞうしき》に持たせて娘に届けさせた。

しかし、娘は、篁手ずからの食べ物を口に入れようとしない。

篁がいつ来るのかいつ来るのかと、はらわたがちぎれるような想いで待っていたら、届いたのは食べ物だけであった。

娘は、やつれた顔で、

「何で篁さまが来て下さらないのですか」

さめざめと泣いて、歌を詠んだ。

誰《た》がためと思ふ命のあらばこそ消ぬべき身をも惜しみとどめめ

「誰かのためにと想うこの生命ならば、死にそうなこの身をなんとか惜しんで生きながらえもしましょう。しかし、そういうお方もいないのであれば、このまま死んでしまうしかありません」

この様子を聴いて、篁は、もう居ても立ってもいられなくなり、夜、おもいきって娘の屋敷へまた忍んでいった。

ここしばらく篁がやってきた様子もないので、母親が安心したのか、警戒が緩んでいたのを幸いに、篁はまたうまく娘の居る部屋の前までたどりつくことができた。

　壁の穴に口を寄せて、篁は娘の名を呼んだ。

　しばらくして、穴から娘の声が届いてきたが、その声は、消え入りそうに細く、弱よわしかった。

「いらして下さったのですね、篁さま……」

　ほそぼそと、やっと届いてくる声であった。

「おお、すまなかった。母上が人を使って警戒していたので、どうしてもやってくることができなかったのだよ」

「嬉しい……」

　篁は、もどかしげに手を延ばして娘の身体に触れようとするのだが、壁に邪魔されて手が届かない。

　娘が、蜉蝣《かげろう》の羽音よりも微かな声で歌を詠んだ。


　　消え果てて身こそは灰になり果てめ夢の魂君にあひ添へ

　これに、篁が歌を返した。

魂は身をもかすめずほのかにて君まじりなば何にかはせん

「消え果てるなどと怖いことを言わないでおくれ。そなたの魂が、あまりにも微かで、わたしの身に添うどころか、かすめもしないで衣にでもまぎれてしまったら、わたしはどうしていいかわからないではないか……」


このように篁は言った。

しかし、娘からの返事はない。

「これ……」

篁はもう一度、小さく声をかけた。

しかし、返事はない。

怖いものが、篁の背を駆けのぼった。

「これ」

高い声で、篁は娘の名を呼んだ。

「返事をしておくれ、どうか、もう一度返事をしておくれ」

篁の叫ぶ声で、屋敷の者たちが起きてきた。

「これ、どうしたのじゃ」

母が声をかけても、篁はただ狂ったように娘の名を呼びながら壁を叩いているばかりである。

そのうちに、やってきた者たちも、娘の返事がないことに気づき、

「鍵を開けよ」

扉を開いて、あわてて中へ入ってみれば、娘は床に倒れていた。

「おお……」

篁は、娘の身体を抱き起こし、激しく慟哭《どうこく》しはじめた。

「なんということを、なんということを――」

娘は、すでに事切れていたのである。

娘は病死とされて、篁との仲のことも、身ごもっていたことも、全てが隠された。

十二

娘が死んで、七日目の夜――

篁は、臥所《ふしど》の中で、独りで眠っていた。

起きていれば娘のことを想い、眠れば娘の夢を見る。朝、目を覚ませば、枕が涙で濡れている。

これまで、そういう七日間であった。

ほんの片時でさえ、娘のことが頭から離れない。

その七日目の夜も、篁は、眠りながらしきりと涙を流していた。

娘の声。

娘の息。

娘の肌の温かさ。

娘の身体の重さや、乳房の感触。

閨《ねや》で交わした睦言《むつごと》の数々。

娘の見せた痴態のあれこれが想い出されてならなかった。

どれだけ夜が更けたかと思われる頃——

ふいに、臥所の足元の方がそそめいた。

臥所の下方に、風のようなものが、ふわりと入ってきたような気がしたのである。

と——

何か、温かいものが、臥所の中で自分に添い伏しているような感じがした。

しかし、それは感じだけで、手で触れたり抱きしめたりできるようなものではなかった。

暗いため、眼には何も見えないが、気のせいか、自分の横に添い伏しているものは、白いような青いような燐光《りんこう》を放っているようであった。

白いにしろ、青いにしろ、ただひどく儚《はかな》げであった。

その青い薄い、儚げなものが、妹の声で言った。

「お兄さま……」

篁は、驚いて声をあげた。

「誰だね」

「篁さま」

声が言う。

それは、確かに妹の声で、しかも、自分の横に添い寝しているものが発していた。

「そなたは、わたしの妹なのかい」

「ええ」

なつかしさのあまり、篁は自分の横にいるはずの娘に手を延ばして抱きしめようとするのだが、腕は空しく自分自身を抱きしめるだけである。

「どこに居るのだね。居るのなら、はっきり姿を見せておくれ」

しかし、姿は見えず、

「ここにおります」

という声が響いてくるばかりであった。

確かに娘がそこにいるというのに、その身体に触れることができないのである。

篁は、もどかしさのあまり、身を震わせた。

「ああ、姫よ、姫よ、わたしはそなたのことを想い、このまま想い死にをしてしまいたいのだよ」

この身がどうなろうとも、娘の熱い肉をもう一度抱きしめて、あのひめやかでみだらな遊びをもう一度したいと、心から願った。

しかし、娘に触れることはできなかった。

篁は、歌を詠んだ。

泣き流す涙の上にありしにもさらぬあはの山かへる

これに娘が歌を返した。

常に寄るしばしばかりは泡なればついに溶けなんことぞ悲しき

こうして、篁は、娘に手を触れることができぬまま、ひと晩娘と語りあかしたのであった。

東の空がしらじらと明けそめ、夜が明けてみれば、篁の傍らには誰もいない。

気がついてみれば、篁は、自らの身体を抱きしめ、枕を涙で濡らしながら、朝の光に照らされた臥所を眺めていたのである。

十三

それから、女の幽霊は、毎夜、篁の元に姿を現わした。

しかし、姿を見ることはできても、手や指で触れたり、抱きしめたりすることはできなかった。

逢えば、さめざめと泣きながら篁は娘と話をした。

娘は娘で、兄と話ができることは嬉しいらしかったが、しかし、兄の指が自分の身体に触れることができないことを哀しんだ。

会っているうちに、篁は、奇妙なことに気がついた。

夜毎に、だんだんと、娘のその身体や姿が薄くなってゆくのである。

ひと月が過ぎる頃には、もう、その姿を透《す》かして、向こう側が見えるほどになっていた。

「姫や、姫や」

これはいったいどういうことなのかね、と、篁は娘に問うた。

「はい。わたくしは今、死者がまず行くと言われる中有《ちゆうう》と呼ばれている場所におります。七、七、四十九日が経てば、いずれわたくしの姿は本当に見えなくなり、声も本当に聴こえなくなってしまうでしょう」

「ああ、本当におまえの声は微かで、姿もますます薄くなってゆくようだよ」

「哀しゅうございます。いずれ、あなたに逢えなくなってしまうのかと思うと、苦しくてなりません。しかし、その苦しいと思う気持ちや、逢えなくなってしまう哀しみでさえも、風に運ばれてゆく梅の香《か》のように日毎に薄くなってゆくようなのがまた哀しいのでございます」

「おまえを抱けないだけでなく、その姿も見えなくなり、声を聴いたり逢ったりすることもできなくなってしまうのなら、わたしはもうこの世に生きている甲斐《かい》がない。いっそおまえが見えなくなるのと同時に、刀で自らの心の臓を突いて、わたしも死んでしまいたいと思っているのだよ」

「いけませんわ」

娘は、哀しそうな顔で篁を見つめ、

「そう言って下さるのは、嬉しいのだけれど、わたくしのためにお兄さまが自らのお生命《いのち》を縮めるなどということがあっては、なりません——」

そう言った。

「ああ——」

「篁お兄さま。いつかあなたがお亡くなりになる時には、必ず、必ずこのわたくしがお迎えにうかがいますので、どうかどうか、自らのお生命を縮めるなどということはなさらないで下さいまし……」

「わかったよ。もう、自らの生命を縮めようなどということは考えない。しかし、おまえがそのまま薄くなって、どこかへ消えてしまったら、わたしはいったいどうしたらいいのだね。いったい、どこへおまえを捜しに行ったらいいのだね。それにおまえが本当に消えてしまったら、わたしが死ぬ時に、いったいどうやって迎えに来てくれるというのだね」

篁にそう言われても、娘には答えるべき言葉がない。

哀しそうな眼でただ篁を見つめるだけであった。

「必ずゆきます」

娘はそう言うだけであった。

「ああ、愛しい姫よ。だから、その時いったいどうやって、わたしはおまえの姿を見つけたらいいのだね。おまえが迎えに来ても、おまえの姿が見えないのではどうすることもできないじゃないか」

そう言ってから、篁は、だだをこねる子供のように、

「いいや、そうではない。そうではないのだ、姫よ」

身を左右に振った。

「あとのことなどを言っているのではないのだよ。わたしは、今、あなたがわたしの前からいなくなってしまうことが哀しいのだよ。今、あなたのお声を聴くことができなくなり、あなたのお顔を見ることができなくなり、あなたにもう二度とお会いできなくなってしまうことが哀しいのだよ」

「篁さま」

「姫よ」

ふたりは、夜がしらじらと明けそめるまで、さめざめと涙を流しあった。

そして、夜が明けると共に娘の姿は薄れ、朝の光の中に溶けて見えなくなっていったのである。

十四

西の京――

人家は少なく、荒れたままになっている屋敷や、草がぼうぼうと生い繁っている庭が多い。築地塀《ついじ》の壊れた場所から、牛飼童《うしかいわらわ》が牛を入れて、そこで牛に草を食《は》ませていたりする。

そういう場所に、ひとつの破《や》れ寺があった。

草原《くさはら》の中に本堂がひとつだけ残っており、他には何もなかった。

本尊などというものはとっくに盗人に持ち去られ、今は金目のものなど何ひとつない。

屋根は半分落ち、そこから雨や風が入ってくる。

床は抜け、そこから草が生えてきている。

夜──

まだいくらかまともな床の上に、ひとりの男が、横向きに寝そべっていた。

身体の右側を下にして、右肘《ひじ》を床に立て、右掌の上に右頬を乗せている。

歳は、四十歳くらいであろうか。

髪も髭《ひげ》も、伸び放題であった。

どういう手入れもしていないらしい。

身に纏《まと》っている水干《すいかん》もぼろぼろで、初めは白かったらしいが、今は鼠色でもとの色を偲ぶべくもない。

すぐ胸の先の床の上に、欠けた瓶子《へいし》と欠けた器《かわらけ》が置かれている。

男は、左手で、器に酒を注いでは、それをゆるゆるとその口に運んでいる。

屋根に開いた穴から、青い月の光がその男の上に注いでいる。

篁は、その男の前に座して、静かに男が口を開くのを待っていた。

男は、唇から器を離し、

「なるほど……」

ぼそりとつぶやいて、器を床にもどした。

「……その女を生き返らせたいと申すわけだな」

低い、煮えた泥のような声であった。

垢《あか》で汚れた顔の中で、男の双眸《そうぼう》が、獣の眼のように光っている。

四十代と見えたが、その双眸から放たれている光は、存外に若いかもしれない。

その男の体内に蓄積された何かが、その男に老成した感じを与えているらしい。

深い、哀しみのようなもの。

厭世観《えんせいかん》。

その男の体内に積もっているのは、そういうものであろうか。

それだけではなく、この男のたたずまいには、何かしら、怖いものがある。

まるで、歳経た獣が、そこに横たわって人の言葉を発しているようにも思えた。人ではないものが、無理にそこで人のふりをしているようでもあった。

もののけのような男であった。

その前に、篁は、怯《おび》えた様子もなく座している。

「何故、内裏の陰陽師に頼まぬ」

男は言った。

「頼みました、道摩《どうま》法師殿――」

「で、どうだったのだ？」

「そのようなこと、できぬと――」

「言われたか」

「はい」

「であろうな」

「そこで、あちこちの坊主や、陰陽法師のところへゆきました」

「で？」

「やはり、どこへ行っても、それはできぬと――」

「であろうよ」

「しかし、その行った先で、あなたのお名前をたびたびうかがいました」

「ほう？」

「この自分にはできぬが、あるいは道摩法師であればと――」

「このおれならばか」

「はい」

うなずいた篁を、男――道摩法師は、獲物を見る虎のような眼で眺めている。

「その娘の屍体は？」

「茶毘《だび》にいたしました」

「茶毘……焼いたか」

「はい」

「焼いてしまっては、いくら反魂《はんごん》の法を使おうが、娘は生き返りはせぬ」

「生き返らずともよいのです」

「ほう」

「今見えているその姿が、消えずにすむ方法はありませんか」

「ない」

迷わずに、道摩法師は言った。

「生きるものは死に、死んだ魂は、中有《ちゅうう》を経て黄泉《よみ》へゆく。これはこの天地の理《ことわり》よ」

「しかし、何かの方法が……」

そう言った篁の眼を、道摩法師はしばらく見つめ、

「おぬし、わしが恐ろしくはないか」

そう訊いてきた。

「恐ろしいです」

篁は言った。

「しかし、わたしには、もっと恐ろしいことがあります」

「ほう、何だ」

「我が妹と、もう会えなくなってしまうことです」

「ふうむ」

道摩法師は、篁の顔を見つめている。

篁の頭上にも月光はこぼれ落ち、冴えざえとして美しい顔が、青白く光っている。

「おぬし、妙な相をしておる」

「相?」

「千人にひとり、いや、万人にひとりという相じゃ」

「それが、何か……」

「ぬしなら、できるやもしれぬなあ」

「何ができると?」

「その娘を中有に留め置くことがだ」

「できまするか」

「かもしれぬと言うている」

「お願いいたします。わたしにできることであれば、何でもいたしましょう」

「ほう、何でもするか」

「はい。礼の方もできるだけのことは――」

「礼などはいらぬ」

「いらない?」

「わしは、見物させてもらえばそれでよい」

「見物?」

「ぬしが、どうなるかをだ」

「わたしが、どうにかなりまするか」

「まずくすれば、鬼に啖《く》われるかもしれぬ。その時は、それを見物させてもらうということさ」

「うまくゆけば?」

「うまくゆくそれを、見物させてもらうということかな」

「どうぞ、何でも見物なさって下さい」

篁が言うと、のそりと道摩法師が身を起こした。

「ゆくか」

道摩法師が言った。

「いずくなりとも」

篁もまた、道摩法師の前に立ちあがっていた。

十五

篁は、膝近くまで伸びた草の中に立っていた。

夜の野であった。

うっとりするような、柔らかい草の匂いが夜気の中に満ちている。

月光が、篁の上から注いでいる。

草の葉先に宿った露が、篁の周囲できらきらと星のように光っている。

篁のすぐ正面に黒々と山が聳《そび》えて、夜の空を縁《ふち》どっている。

山あいにある、小さな野原であった。

山が始まるところから、雑木の森が斜面に沿って続いている。

道摩法師につれられてやってきた場所であった。

嵯峨野にそれほど遠くない山の中であろうと篁は見当をつけているのだが、では具体的にここがどこかというと、はっきりわかっているわけではない。

篁は、ただ独りである。

「よいか」

と、ここへ篁をつれてきた道摩法師は言った。

「おぬしがそこに立っていると、そこの山の上から何かがやってくる」

「何がやってくるのですか」

「わからぬ」

「わからない？」

「わからぬが、しかし、それは恐ろしいものだ。大蛇かもしれぬ。鬼かもしれぬ。飢えた狼《おおかみ》かもしれぬ——」

「——」

「だが、それが何であれ、どんなに恐ろしいものであれ、一番最初にやってきたものに、おぬしは全力でしがみつかなければならぬ」

「しがみつかねば？」

「おぬしとわしの話はそこまでということだ。それができねば、娘の魂を中有に留まらせることなど、とてもできるものではない。やるか」

「やります」

篁に惑いはない。

「では、わしは姿を消す」

そう言って、道摩法師は去っていった。

篁だけが、そこに残されている。

残されて、ただ独り、山から何かがやってくるのを待っているのである。

篁は、月光の中に立っている。

半刻。

一刻と時は過ぎてゆくが、まだ何者も山から下りてくる様子はない。

こんなことをしていていいのだろうかという不安が頭をもちあげてくる度に、いや、今はこれしかないのだと自分に言い聞かせる。

待つうちに、夜露で着ているものまでがしっとりと重くなってくる。

さらに半刻ほども過ぎたかと思える頃――

ふいに、篁の耳に届いてきたものがあった。

それは――

ふ、

ふ、

という獣の呼気のような音――声であった。

しかも、その音がだんだんと大きくなってくるのである。

ふっ、

ふっ、

まさしく、それは、獣の発する呼気であった。

その声が近づいてくる。
視線を山の方へ転ずれば、暗い正面の山の中腹あたりに、ちらちらと炎の色が揺れているのが見える。
闇の中で炎が、見えたり見えなくなったりするのは、途中にある木立がその炎の灯りを遮っているためであろうか。
その、
ふっ、
ふっ、
ふっ、
という声と炎の灯りが、確かに、篁に向かって山の斜面を駆け下りてくるのである。
いったい何か⁉
篁が見ていると、炎は大きくなり、呼気もまた大きくなった。
ふっ、ふっ、という声が、今は、
ごっ、
ごっ、
ごっ、
という荒い呼吸音になっていた。

ついに、それが森の中を駆け下りて、野原に姿を現わした。

見れば、それは巨大《おお》きなる一頭の野猪《くさいなぎ》であった。

針のごとき獣毛を全身から生やし、しかも、その身体は赤い炎に包まれているではないか。

さらになお、ごっ、ごっと、野猪が呼気を洩らす度に、その鼻と口から、しゅうしゅうと大きな炎が噴き出すのである。

これか。

これを、自分は抱き留めねばならないのか。

迷いはほんの一瞬であった。

篁は、一歩前に進んで、その巨大な野猪の行く手を遮っていた。

野猪は、速度を落とさずに突き進んできた。

近くなってみれば、吐き出す呼気はいよいよ大きく、その身体の大きさは子牛ほどもあった。

眸は赤く、ぎらぎらと光っている。

野猪が近づいてくる。

それが、眼の前まで迫った時——

「おう」

と声をあげて、篁はしがみついていた。

十六

しがみついた途端、激痛と熱さが篁を襲った。

野猪の身体に生えている剛毛が、篁の全身に突き刺さり、炎が篁の身体を焼いた。

野猪の鼻と口から噴き出てくる炎が、篁の顔を炙《あぶ》った。肉が焼けた。野猪の蹄《ひづめ》で腹を踏み破られた。

それでも、篁は野猪にしがみついている腕を放さなかった。

と——

「もうよい」

静かな声が響いてきた。

「もうよい、手を放せ」

見れば、すぐ傍らに道摩法師が立って、篁を見つめている。

そこで、篁は我に返っていた。

自分が野猪と思ってしがみついていたのは、なんと、樹の切り株だったのである。

「熱い」

篁が手を放してそれを眺めてみれば、切り株は、つい今しがたまで燃えていたように、あちこちがぶすぶすと燻《くすぶ》っており、何箇所かが赤い熾《おき》となっている。

篁自身は、身体のあちこちに擦り傷や、火傷《やけど》の火ぶくれができてはいたが、動けぬほど大きな傷を負っているわけでもない。

「野猪は？」

篁は訊いた。

「おぬしが野猪と見たは、この株よ」

「なんと」

「このわしが、山の上でこの株に火を放ち、山の上から蹴落《けお》としたのさ」

しかし、篁には、つい今まで、確かにこれが、野猪に見えていたのである。

「何かの方術を使われたのですか」

「まあ、そんなところだ」

「わたしを試されたのですね」

「そうだ。これならば、なんとかなるかもしれぬ」

「なんとか？」

篁の問いに、答えるとも答えぬともなく、道摩法師は天の月を見上げた。

その傾きぐあいを、道摩法師はしばらく眺めている様子である。

「明後日の晩だな……」

ぼそりと、道摩法師はつぶやいた。

「明後日の晩?」

「己酉《つちのととり》から五日目の晩さ」

「それが何か?」

「天一神《なかがみ》が、百鬼夜行して所を移す日だ」

そう言われても、篁には何のことだかわからない。

「朱雀大路と五条大路が交わるあたりがよかろう」

「そこで、何を?」

「深更《しんこう》に、朱雀大路と五条大路が交わる辻の中央に立って、待つがよい——」

「何を待つのですか」

「天一神が百鬼夜行して通るのをさ」

「——」

「どこを通るにしろ、いずれ、必ずそこを通ることになる」

「ええ」

「百鬼夜行が、おまえの前をぞろぞろと通り過ぎてゆくであろう。普通の者にはそれが見えぬが、辻の中央にいるおまえには、それが見えるであろう」

「はい」

「なかなかの眺めだぞ。人の身で、めったに天一神が動くのを見られるものではない」

「それで、わたしはどうすればよろしいのですか」

「そうさな。まず最初がでえだら法師かあかだら入道であろう」

「――」

「次が、どろなめ、くろなめ、うまころばし、牛頭《ごず》、馬頭《めず》両大王も、いずれかには加わっていよう。その他、このわしでさえ、名のわからぬものたちがうようよと群れてくる。ぬしの姿は、きゃつらには見えぬようにしておいてやろう。声さえ出さねば、見つかることはない」

「はい」

「しかし、もしも声を出したりすれば、たちどころに見つかって、おぬしは骨も残さずにきゃつらに啖《く》われてしまうであろう」

「――」

「それは、我が術ではない。本物の百鬼夜行ぞ。充分に気をつけることだ」

「それで?」

「その鬼たちの中に、奇妙なものが混じっておる」

「奇妙なもの?」

「ちょうど、猫ほどの大きさの蟇《ひき》よ」

「蟇？」

「天一神の乗った輿《こし》の後ろのはずじゃ。その蟇が、二本足で人のように立って歩いてくる――」

「はい」

「その蟇が、ちょうど鶏の玉子ほどの大きさの、玉子をひとつ、背に負っている」

「はい」

篁は、うなずくしかない。

「その蟇が見えたら、おまえは初めて行列の中へ入ってゆき、その蟇に声をかけるのだ」

「声をかけて、よろしいのですか」

「百鬼夜行の中に入ってしまえばだいじょうぶだ。おそらく、色々と話しかけてくるものもあろうが、自分は人ではなくひとでなしであると答えておけばよい」

「それで、蟇には何と声をかければよいのですか」

「その玉子が重かろうと声をかけるのだ」

「はい」

「蟇は重いと答えるであろうから、では自分が代わってしんぜましょうと言え」

「はい」

「それで、ぬしが、その役を代わったら、その玉子を背負わずに、喰ってしまうのだ」

「喰う?」

「そうだ。しかし、この時気をつけねばならぬのは、この玉子、割らずにそのまま丸ごと飲み込むことだ」

「それで、どうなりますか」

「さあて――」

おもしろそうに、道摩法師は唇の左右を吊り上げた。

「あとは、このわしにもわからぬ。その後は、ぬしの機転と智恵《ちえ》次第さ」

道摩法師が、篁を見た。

「やるか」

「むろん」

迷うことなく、篁は答えていた。

十七

その晩――月明りの中で、篁は立っていた。

朱雀大路と五条大路が交わる場所――辻の真ん中である。

己酉から数えて五日目の晩であった。

篁は、北を背にして、無言で羅城門の方角を見つめている。

天一神《なかがみ》が、百鬼夜行して所を移す日だと道摩法師は言ったが、本当に鬼たちが群となってやってくるのか。

いずれにしても、今はもう、道摩法師の言った言葉を信ずるしかない。

深更《しんこう》、と道摩法師は言ったが、すでにそういう時間帯である。道摩法師の言葉が本当であれば、いつ百鬼夜行がやってきてもおかしくない。

そう思っていると――

ふと、篁の耳に、何か聴こえてきた。

ごく微かな音――

小さな笛の音。

鼓の音もする。

それから、琵琶の音。

笙《しょう》の音も混ざっているようであった。

風に乗って、どこからか楽の音が届いてくるのである。

しかも、それがだんだん大きくなってくる。

楽の音が近づいてくる。

どこからか。

篁は、顔をめぐらせた。

しかし、朱雀大路も五条大路も、皓皓《こうこう》と月が照るばかりで、人影らしきものはどこにも見えない。

見通しはよかった。

夜とはいえ、月が明るい。

さらに、楽の音は近づいてくる。

これほど近くに笛や琵琶の音が聴こえるのであれば、充分見える距離に、その奏者たちはいなければならない。

しかし、それが見えないのである。

と——

朱雀大路の南の方角——羅城門と五条大路の間に、何か、黒い雲のようなものがわだかまっているのが見えた。いったい、いつ、そのような雲が出現したのか。しかも、その黒い雲は、篁に向かって近づいてくるではないか。

その黒い雲が近づいてくるにつれて、楽の音も大きくなってくる。

雲の中に、細い稲妻が、幾つも走っている。

雲の中に、何かが見えていた。

赤やら、青やら、黄色のもの。

その色が動いている。

「むう」

篁は、思わず声をあげていた。

「鬼だ」

まさしく、それは、鬼たちであった。

赤い肌の鬼。

黄色い褌《たふさぎ》を締めた鬼。

鳥の顔をしたもの。

二本脚で歩く猫。

青い旗を持った犬。

手脚の生えた琴。

鬼の群。

無数の鬼たちが、手に鼓を持ち、それを打ち、笛を吹き、琵琶を鳴らしながら近づいてくるのである。

先頭が、法師姿の大男である。

ひとつ目であった。

これがでえだら法師であろうか。

どろなめ。
くろなめ。
うまころばし。
牛頭大王。
馬頭大王。
両大王は、甲冑《かっちゅう》を身につけ、手に槍を持ち、腰に刀を差していた。
その後ろから、鬼たちに担がれた輿《こし》がやってくる。
それが、天一神の乗った輿であろうかと思われた。
黒い雲が、いつの間にか消えていた。
でえだら法師が、
「臭《にお》うぞ」
「臭うぞ」
鼻をくんくんとさせながら、篁のすぐ横を通り過ぎていった。
壮観であった。
どろなめ、くろなめ、うまころばし。
牛頭大王。
馬頭大王。

無数の鬼たち。

いずれも、道摩法師の言ったように、辻の中央に立っている篁には気づかない。

ぶつかりそうになれば、自ら篁をよけてゆき、ぶつかっても何にぶつかったのかわからないといった様子であった。

天一神の乗っていると道摩法師の言った輿が、篁の横を通ってゆく。

輿に座しているのは、唐風の衣《きぬ》を着、頭には、飾りのたくさん下がった四角い帽子を被った、十歳ばかりの子供である。

〝この子供が天一神か〟

篁は思う。

しかし、それを見てばかりいるわけにはゆかない。

その輿のすぐ後からやってくるものこそが、今の篁にとっては重要なのである。

いた。

確かに道摩法師の言った通りであった。

輿の後ろから、猫ほどの大きさの蟇《ひき》が、二本脚で歩いてくる。

その背に、白い、丸い玉子のようなものを背負っていた。

玉子を背負った蟇が通り過ぎたところで、篁は鬼の群の中に混じって歩き出した。

歩き出した途端に、

「おう、誰じゃ」

後ろから、声がかかった。

見れば、人の顔をした犬である。

「さっきまで、見なかった顔だな」

人犬は、歩きながら篁に顔を擦り寄せ、鼻を鳴らして臭いを嗅いだ。

「何だ、人の臭いがするぞ」

一瞬、怯えが心の中にこみあげたが、もとより生命は捨てている。

「わたしは、ひとでなしでございます」

道摩法師に言われた通りのことを口にした。

「ひとでなしだと?」

人犬の言葉に、周囲の鬼たちが、

「なんだ」

「どうしたのだ」

集まってきた。

「いや、見かけぬ者がいて、人の臭いがするものだから、声をかけてみたのさ」

人犬が言った。

「ばかな」

「人が、我らの中に混じって夜行できるものか」

「新顔であろう」

「丹波ののぞき入道の身内か」

鬼たちが言うのに答えて、

「ひとでなしでございます」

篁は言った。

「ひとでなしと言うからには、人ではないということか」

「似てはいるが、人ではない、そういうことであろう」

「うむ、あろう」

「あろう」

鬼たちはうなずきあっている。

「まあ、よいではないか。今夜は天一神殿につきあって冥府までゆく日ではないか」

「おう」

鬼のひとりが答える。

その時、後ろから、篁の股間《こかん》を摑んでくる者があった。

「やや」

篁の股間を摑んできた、鳥の顔をした水干姿の鬼が声をあげた。

「どうした？」

「ちゃんとふぐりがへのこの下にぶら下がっておるわい」

「おう、ふぐりが」

「もしも人なら、ふぐりは縮こまって身体の中へ引っ込んでしまっておるところぞ」

「うむ」

「お持ちものも、たいそう御立派じゃ」

「あら、そんなにたいそうなものなら、あたしのおそそに欲しゅうなるわいなあ」

乳が四つで、眼がひとつの、女の鬼が、笑いながら流し目で篁を見た。腰に布を巻きつけているだけで、あとは何も身につけてはいない。

乳も臍《へそ》も丸見えである。

「やめとけい。入れたら、そそにまらを喰いちぎられるぞ」

鳥顔の鬼が言った。

どっと鬼たちが笑い声をあげた。

「これ、喰うよ」

乳が四つの女の鬼が、鳥顔の鬼に飛びつく真似をすると、

「ききき」

と笑って、鳥顔の鬼が、跳びあがって逃げた。

また、笑い声があがった。

そのうちに、篁のことを話題にするのに飽きたのか、鬼たちは声をかけてこなくなった。

それを見計らって、篁は、後方から玉子を担いでいる蟇に近づいた。

もう、すぐ向こうに朱雀門が見えている。

「どうだ、重くはないか」

篁は、蟇に声をかけた。

「重かあない」

蟇は、しわがれた声で答えた。

「いや、重かろう」

また、篁は問うた。

「重くないと言っているではないか」

答える蟇の息が辛そうであった。

「重そうに見えるので、かわってやろうと思ったのだが」

篁が言うと、

「なに⁉」

蟇の口調が変化した。

「今、何と言うた」

「重ければ、かわってやろうかと言ったのだ」

「本当か。本当にかわってくれるのか」

「本当だ」

「なら、早くそう言うて欲しかったぞ」

蟇は、担いでいた玉子を背から下ろし、両手で抱え、

「ならば頼む。実は、これは、おまえらが思うよりずっと重いものなのだ」

歩きながら、蟇は、両手に抱えたそれを、篁に渡そうとした。

「これ、早く持たぬか。こうしているだけでもたいへんなのだ」

「わかった」

篁が右手を差し出すと、その手の上に、蟇が玉子を乗せた。

その途端、篁の右手が、ぐうっと下方に押しつけられたように重くなった。篁は、あやうくその玉子を取り落としそうになった。

なんと重いのか。

優に、人の子供ひとり分くらいの重さはあった。

そこに立ち止まり、篁は足を踏んばった。

この時を逃がしたら、いつになるかわからない。

〝今だ〟

篁は、迷わなかった。

もしも迷っているうちに、邪魔が入ったら、妹は本当にこの世——中有《ちゆうう》からも姿を消してしまうのだ。

右手を持ちあげ、玉子を口の中に押し込み、おもいきってそれを噛まずに呑み込んでいたのである。

まるで、生きた人の血が入っているように、その玉子は生温かかった。

「ああ——」

悲鳴のような声を、蓁があげた。

「お、お、お……」

蓁は、声はあげているものの、それがすぐには言葉にならないらしかった。

「お、おまえ、おまえ——」

やはり、まともな言葉にならない。

蓁と篁は、そこに立ち止まっていた。

いったい、何事があったのかと、後ろからやってきた鬼たちが、蓁と篁の前で立ち止まっていた。

「どうした」

「おう、これは先ほどのひとでなし殿ではないか」

「何があったのか」

口々に問うてくる鬼たちに向かって、篁は、平然と微笑を向けている。

「いや、この新顔が狐魂《きつねだま》を呑んでしまったのだ」

蔓が言う。

「なに、狐魂を⁉」

「えらいことだ」

鬼たちが驚いている。

篁が、道摩法師から聴いているのはここまでだ。

これから先どうなるのか、どうしたらよいのかはわからない。こういう時には、余計なことを言わないのが一番良いとわかっているので、篁も、唇を閉じたまま言葉を発しない。

無言で微笑しているだけだ。

自分が呑んだものが狐魂と呼ばれるものであることも、今知ったばかりである。名はわかっても、しかし狐魂というものが、いったい何であるかということまではわかってはいない。

「これは、今夜、天一神が閻魔《えんま》王にお届けせねばならぬものぞ」

蓑が、両足で何度もじたばたと地面を踏みつけ、

「ひとでなし殿、それを返して下され」

頭を下げた。

それでも、篁は微笑したまま黙っている。

返せと言われても、呑み込んだものを、そう簡単に吐き出せるものではない。

「かまわぬではないか。返してくれぬなら、そやつの腹を裂いて狐魂を取り出せばよいだけのことだ」

「ばか。そんなことをしたら、狐魂が割れて、こやつの身体を喰いちらかして、逃げてしまうではないか」

「では、こいつが、尻から狐魂をひり出すまで待てばよい」

「ばかめ、ひり出すまで待っていたら、やはりこやつの腹の中で狐魂が溶けて、同じことになってしまうぞ」

「ばかとはなんだ」

あちらこちらで、鬼たちが言いあいを始めた。

気がつけば、知らぬ間に楽の音は止んで、輿が篁の前にもどってきていた。

輿の上に座している十歳くらいの子供が、

「何ごとじゃ」

大人の声で言った。

言われた途端に、

「へへーっ」

蟇が地面にひれ伏した。

「ひとでなしと申すこやつが、狐魂を呑んでしまったのでござります」

蟇が、今あったばかりのことを説明した。

「それは、おまえが自らの役目を忘れて、大事な狐魂を別の者に持たせたりしたからではないか」

天一神——子供の声は、その口調までが大人びている。

天一神は、篁を見やり、しばらくその顔に視線を注いでいたが、

「そなた、人じゃな……」

ぼそりと言った。

こう言われては、かえって否定するのはよくない。

「仰せの通りにございます」

篁は頭を下げ、

「わたくしは人でございます」

素直にそう言った。

「なに⁉」

「人じゃと？」

「誰じゃ、ひとでなしと言うたは」

「ひとでなしと言うたは、本人ぞ」

「言うたことを、おのれはそのまま信じたのか」

「ばか」

「なんだと」

鬼たちの声が険しくなった。

「待て――」

鬼たちの騒ぎを制したのは、天一神であった。

「おまえたちは静かにするがよい。この者とはわたしが話そう」

天一神は、篁を見つめ、

「名は？」

そう問うてきた。

「小野篁と申します」

篁は答えた。

「では篁、人の身でありながら、何故にこのような真似をしたのだ」

問われた途端、篁の眼から、たちまち透明な涙が溢れ出てきた。

「何故、泣く」

「実は、四十八日前に、わが妹が亡くなりました」

篁は語った。

妹との間にあったことも隠さずに話をした。

「すると、おまえは、妹と情《なさけ》を交したというのか？」

「はい」

篁がうなずくと、

「おう」

「なんと」

「そのようなこと――」

鬼たちの間に、囁く声が広がった。

「それで、我が妹は、七、七、四十九日――あと一日で中有からあの世に行ってしまうのです」

「それを何とかしたいと申すのか」

「はい。それでかような真似をいたしたのでございます」

「なれば、それは我が領分ではない。冥府の閻魔王殿の決めることじゃ。今宵、所を移るにあたって、狐魂を持って冥府までゆくつもりであったところだ。おまえも、共に来るがよい」

天一神は言った。

十八

大きな、唐風の屋敷の中で、篁は閻魔王と向きあっていた。

閻魔王——それは、みっしりと重そうな十二単《じゆうにひとえ》を着た美しい女であった。

その傍に、子供姿の天一神が立っている。

そこにいるのは、閻魔王と、天一神、そして篁の三人だけであった。

広さは見当がつかない。

三人の周囲に、無数の蠟燭《ろうそく》が、炎を点して立っている。

数限りない蠟燭の群。

長い蠟燭もあれば、短い蠟燭もある。

それが、ほとんど無限といってもいい広さの闇の底で、炎を揺らしているのである。

朱塗りの太い柱が、どれほど高い場所にあるのかわからない天井を支えて、やはり、数限りなく立っている。

大人が、十人で抱えても抱えきれないほどの太さの柱であった。

外見は、神殿風の大きな屋敷と見えたのだが、中は、外見より広い。外見より、中の方が広いというような建物があるのだろうか。

ここへやって来るのだって、不思議であった。

あのまま、輿《こし》と共に朱雀門まで出、そこを左へ折れて、次には左手へ、次には右へ——都の辻つじを、右に左に曲がりながらゆくうちに、いつの間にか月も見えなくなり、建物も見えなくなり、足が踏む土の感触すらも消え失せ、ただ闇の中を百鬼夜行してゆく鬼の群と輿があるばかりであった。

そして、気がついたら、この屋敷の前に、篁は立っていたのである。

輿を担いでいた鬼も、他の鬼の姿も消え、地に下ろされた輿に座している天一神と篁のふたりだけが、闇の中にいた。

やがて——

「ではゆこうか」

天一神が、そう言って立ちあがり、ゆるゆると巨大な屋敷の中に入っていったのである。

大きな屋敷であった。

それも、ただ大きいというだけではない。まるで、人の背丈の十倍はありそうなものが住んでいるのかという大きさであった。

門にしても、単に柱が太くて大きいというだけでなく、そこを出入りする者の大きさに合わせて、大きく広くなっているようであった。

さぞかし、巨大な人物が住んでいるのかと思ったら、なんと出むかえたのが、今、篁の眼の前にいる美しい女であったのである。

「閻魔宮の、閻魔王殿じゃ」

子供姿の天一神が言った。

「小野篁と申します」

篁が言うと、

「わしが閻魔王じゃ」

女が言った。

しかし、その唇から出てきたのは、太い男の声であった。

「何を驚いておる」

篁を見ながら、閻魔王が言った。

「わしが、美しい女の姿で現われ、しかも男の声で話をしたからか——」

「はい」

篁は正直にうなずいた。

「そなたの眼には、天一神の姿も、子供の姿に見えているのであろう」

「その通りです」

篁がうなずくと、天一神と閻魔王は声をあげて笑った。

その声が変化をしていた。

閻魔王は女の声で、天一神は子供の声で笑った。

「どうじゃ」

「これならばよいか」

女の声、子供の声で言った。

篁があっけにとられていると、

「もともと、彼《か》の釈尊の言葉のごとくに、ものの存在には実体がない。われらにも、決まった姿というものはないのじゃ」

閻魔王が言った。

もう、もとのように男の声になっている。

「そのおりそのおりに、我らは気分で姿を変えておる」

大人の男の声で、天一神は言った。

姿はもちろん、子供のままだ。

「そなたの心のありようでまた違う姿にも見える」

天一神が言った。

「そなたが望む姿になることも、今ここでできるが、どうする?」

閻魔王の言葉に、

「このままで、結構でございます」

篁は言った。

そこで、閻魔王は天一神に向きなおり、

「さて、わざわざ生きた人をこの閻魔宮まで案内《あない》されてきたのは、いかなることでござりますかな、天一神殿」

そう言った。

「はい」

天一神はうなずき、

「実は、この男が、こちらへお持ちするはずであった狐魂を喰べてしまったのでございます」

「なんと」

閻魔王が、驚きの声をあげた。

そこで、篁は、天一神にしたのと同じ物語を、閻魔王の前でしたのであった。

話を終え、今、天一神と一緒に閻魔王と向きあっているところであった。

「なるほど、妹をこの世に留まらせたいとな――」

閻魔王がうなずいた。

閻魔王が、そこで両手を打った。

二度。

すると、闇の中から、甲冑を身につけた、馬の頭をした人間と、牛の頭をした人間が、蠟燭の炎を踏まぬよう、そろそろと足を踏み出しながらこちらへ向かって歩いてきた。

あの百鬼夜行の中にいたものたちであった。

「牛頭《ごず》、馬頭《めず》」

閻魔王が言った。

「お呼びでござりますか」

「お呼びでござりますか」

牛頭、馬頭が言った。

「ただいまこの男が言っていたことは耳にしていよう。本当かどうか、ただちに調べてまいれ」

「承知」

「かしこまりました」

牛頭、馬頭は、うやうやしく頭を下げて、姿を消したが、ほどなくしてもどってくると、

「この者の申すこと、本当でございました」

「確かに、中有にこの者の妹がおり、あと一日で出てゆくことになっております」

このように言った。

「なるほど」

閻魔王はうなずいた。

「もしも、その身体が荼毘にされておらず、残っているのなら、生きかえらせることもできようが、燃やされて肉体なくば、甦《よみがえ》らせることは叶わぬ」

「――」

「しかし、中有にとどまらせよというのであれば、それはできよう」

「では――」

篁は、声を高くして、閻魔王に一歩歩み寄った。

「できぬ」

「なんと」

「考えても見よ。この世の理《ことわり》を破るのだぞ。そなたのように考える者は無数におる。そのたびに、その願いを叶えていたらどうなる」

閻魔王は言った。

「――」

「しかし……」

閻魔王は、声を低くした。

「そなたは、ただの人ではないからな」

「ただの人ではない？」

「狐魂を喰べてしまったからな」

「狐魂？」

「うむ」

「狐魂とはいったい、何なのでござりまするか――」

「そなた、それも知らずに、あれを喰《く》うたのか」

「はい」

「狐魂とは、生まれる前に母の胎内にて死んだ狐の魂さ。それを八、九の七十二集めると、あのような丸い玉となる。それが狐魂じゃ」

天一神が言った。

「東海龍王が、千年に一度、十年かかって子をお産みになられる。常にたいへんな難産でな、そのお産みになられる十年は、海は荒れ、津波となり、たいへんなことになる」

閻魔王が言った。

「それで、そのおりに、狐魂を呑ませるのじゃ――」

天一神が言った。

「狐はたいへんに霊力の強い生き物でな。歳経れば、我らの眷属《けんぞく》ともなる。その狐魂を呑めば安産じゃ。しかし、ひとつやふたつの狐魂では足りぬ。七千二百個の狐魂が、安産のためには必要となる」

閻魔王が言った。

「それで、我らが狐魂を集め、こうして月に一度、閻魔王宮までお持ちするのじゃ」

天一神が言った。

「それを、ひとつずつ、東海龍王に献上しておるのさ」

閻魔王が言った。

「もう十二年後には、お産が始まる。あと百四十四個は必要じゃ」

「ぬしが喰うた狐魂、大切な品ぞ」

天一神と閻魔王が言った。

「そういうものでござりましたか」

篁はうなずいた。

「しかし、ぬしは、狐魂のことも知らずに、よくそのようなことができたな」

「いずれにしろ、ぬしの考えではあるまい」

「誰が、智恵を授けた」

「言うてみよ」

問われて、一瞬、篁は迷ったが、ここまで話が至れば、すでに隠すことではない。

「道摩法師殿に――」

正直に答えた。

「なんと、道摩法師か――」

「なるほど」

「あの男なれば、やりそうなことじゃ」

「うむ、やりそうじゃ」

天一神と、閻魔王がうなずいた。

「道摩法師殿を御存じなのですか」

「うむ」

「あの男は、人でありながら、我らの眷属よ」

天一神と、閻魔王は、顔を見合わせながら言った。

「我らの世と人の世を自由に行き来し、目に余るようなことも度々あってな」

「こらしめてやろうと思うたことも、一度ならずあったのだが、様々の術に長けており、なかなかどうしてあなどれぬ」

「まあ、人の世に、あのような者のひとりやふたりはおってもよかろうと放っておいたのだが、今度のようなことの火種になるとあっては、そろそろ仕置をせねばならぬ頃あいなのかもしれぬなあ」

「うむ」

「うむ」

天一神と閻魔王がうなずきあった。

「しかし、今は、狐魂のことじゃ」

「おう」

「どうする」

「この小野篁から返してもらう他はあるまい」

「だな」

「うむ」

ふたりの視線が、篁に向いた。

「狐魂、返してもらおうか」

閻魔王が言った。

「返す？」

「そなたも、このことに生命をかけた身じゃ。そなたに狐魂を渡してしまった蓁翁にも責任はある。そういうわけでそなたが狐魂を無事に返すと言うのなら、罪は問わぬ。場合によったら、そなたの願いも、聴き届けぬものでもない」

「ならば、妹を――」

「うむ。しばらく中有に留まれるようにしてやろうではないか」

しかし、狐魂を返すと言っても、篁にはどうしてよいのかがわからない。

「どうすればよいのでございますか」

「それが、ちと難しい」

「もしも、妹のことをお聴き届けいただけるのであれば、何でもいたします」

「だから、それが、なかなか難しいことなのだ」

閻魔王が言いよどんだ。

「どのように難しいのでございますか」

「放っておけば、じきに、狐魂はそなたの腹の中で溶け、七十二匹の狐にそなたははらわたから啖《く》われてしまうであろう」

「――」

「吐き出すことも、ひり出すことも叶わぬ。すでに狐魂は柔らこうなっている故、吐き出す時、ひり出す時、喉で絞められても尻で絞められても、壊れて、七十二の狐にそなたは啖われてしまうことになろう――」

「――」

「腹を裂いて取り出すしかないのだ――」

言いにくそうに閻魔王が言った。

「わかりました。わたくしの腹を裂いていただきましょう」

ためらうことなく、篁は言った。

「しかし、そう簡単なことではないぞ」

「これで生命果つるのなら、それでわたくしはかまいません。すでに覚悟はできております」

「いや、この冥府にあっては、生身の人間と言えども、めったなことでは死なぬ。死なぬが、しかし……」

「しかし？」

「切られれば、痛い。腹を裂かれれば、死ぬるが楽と思えるほどの苦痛がそなたを襲うことになる」

「その痛みに耐えましょう」

迷わずに、篁は言った。

「しかし、問題は、痛みに耐えられるかどうかではない。その痛みを少しでも嫌と思う気持ちが、たとえ一瞬でも湧いたら、その瞬間に狐魂は割れてしまい、同じことになってしまうであろう」

閻魔王が言うと、なんと、篁は涼しげな顔で微笑した。

「何を笑う」

「妹と会えぬ苦しみに比べたら、我が身にふりかかる痛みなど、どれほどのものでございましょう。妹のためとあらば、どのような痛みであれ、愛しいと思いこそすれ、嫌がることなどあり得ましょうか」

篁の答には、よどみも迷いもない。

これには、天一神も閻魔王も、驚嘆《きょうたん》の声を洩らした。

「では、自ら腹を裂き、狐魂を取り出しましょう」

篁は言った。

篁は、腰に差していた小刀を引き抜き、衽《おくみ》をくつろげた。

小刀の柄を右手で逆手に握り、その切先を、迷わず自らの腹に突き立てた。

「むう」

篁は、声をあげた。

しかし、その顔は微笑していた。

「あら、痛《いた》や」

「あら、嬉《うれし》や」

篁の、微笑を浮かべた唇が言う。

「痛や、嬉や」

「嬉や、痛や」

血が腹から溢れ、下帯まで濡らした。

篁は、腹の肉を裂き、胃袋を裂いて、そこから狐魂を取り出した。

「こ、これでござりましょう」

「おう」

「まさしく」

天一神と閻魔王が声をあげた。

「されば」

馬頭大王が、篁に駆け寄って、その手から狐魂を受け取った。

「これで、よろしゅうござりましょうか」

篁の顔が、痛みと悦びで歪《ゆが》んでいる。

「おう」

「むろんじゃ」

その声を聴くや、篁は、そこにへたり込んだ。

「安心せい。傷はじきに塞がる」

閻魔王が言った。

その通りであった。

腹を押さえている篁の手の下で、みるみるうちに血が止まり、傷がふさがっていった。いくらもしないうちに、腹には、赤く裂いた跡しか残らなくなった。

「みごとじゃ」

「みごとじゃ」

閻魔王と、天一神が、賛嘆の声をあげた。

「そなたの願い、聴きとどけようではないか、篁殿」

「嬉しや」

立ちあがって、篁は微笑した。

「このこと、我自ら、東海龍王に報《しら》せよう。篁殿、これから後、東海龍王に願えば、いついかなる時でも、凪《なぎ》の海であろうが嵐の海であろうが、望めばそなたの願いは思いのままに聴きとどけられようぞ」

「おう」

天一神と閻魔王が言った。

ひとしきり、天一神と閻魔王は、篁を誉め称えたが、じきに、

「ところで、道摩法師のことだが……」

天一神が言った。

「そうじゃ、道摩法師じゃ」

閻魔王がうなずいた。

「あの男、こたびのことについて、何かそなたに礼を求めはせなんだか――」

天一神が言った。

「礼?」

篁は、首を傾《かたむ》けた。

礼のことなら、自分も道摩法師に訊いたはずであった。

しかし、確か、礼などはいらぬと道摩法師は言ったのではなかったか。だが、代わりに何かが欲しいと言ったのではないか。

篁は、思い出していた。

〝わしは、見物させてもらえばそれでよい〟

〝ぬしが、どうなるかをだ〟

〝まずくすれば、鬼に喰《く》われるかもしれぬ。その時は、それを見物させてもらうということさ〟

〝(うまくゆけば)うまくゆくそれを、見物させてもらうということかな〟

「道摩法師殿は、見物させてもらいたいとおっしゃっておられましたが――」

「なに」

「見物とな」

「はい」

篁は、その時のことを語った。

「では、道摩法師、これまでのことを見物していたということか」

閻魔王が言った。

「それはつまり、あの百鬼夜行の中に、すでに道摩法師がまぎれ込んでいたということではないか」

天一神が言った。

「なれば、百鬼夜行と共に、道摩法師はここまでやってきていることになる」

「では、今のことも、どこかで見物していたということだな」

「しかし、人の世ならともかく、この冥府にあっては、道摩法師も勝手はできぬ」

「牛頭、馬頭よ、道摩法師を捜し出し、捕えてここまで連れてまいれ」

牛頭大王と馬頭大王が、頭を下げ、

「はは」

「はは」

とうなずいた時、

「お待ちを、お待ちを——」

闇の中から声がかかった。

「馬頭大王を、他《よそ》へやってはなりませぬ」

なんと闇の中から姿を現わしたのは、馬頭大王であった。

牛頭大王と並んでいる馬頭大王と、姿、かたち、声も身につけた甲冑までも同じ馬頭大王がやってきて、閻魔王の前に立った。

「おそれながら、申しあげます。わたくし、不覚にも、この冥府にもどってきてからふいにねむけをもよおし、どうにもたまらずこれまで眠っておりました。今の話から察するに、百鬼夜行にまぎれて、この冥府までやってきた道摩法師の仕業かと思われます」

「……」

「……」

「そこにいる馬頭大王こそが、わたしになりすましたる道摩法師――」

「むう」

「なんと」

閻魔王と天一神が声をあげた。

「ええい、騙されまいぞ。閻魔王さま、天一神さま。まことの馬頭は、このわたくしにございます。今、姿を現わした馬頭こそ道摩法師」

「なに！」

と、後から来た馬頭大王が言えば、

「なに！」

と、もともといた馬頭大王が声をあげる。

「道摩法師め」

「道摩法師め」

ふたりが、互いに相手に近づいて、相手をののしりはじめた。

咄嗟のことで、天一神にも閻魔王にも、どちらがどちらやら判断がつかない。

手に狐魂を持っているのが、もともとそこにいた馬頭大王であることまではわかるのだが、しかし、どちらが本物か。

いずれにしろ、馬頭大王の手にいつまでも狐魂を持たせてはおけない。

「牛頭よ、馬頭の手より狐魂を取りもどせい」

閻魔王が言った時、ひょい、と後からやってきた馬頭大王が、もともといた馬頭大王の手から、狐魂を奪っていた。

狐魂を奪った馬頭大王は、大きく後ろへ飛んで、蠟燭《ろうそく》の炎の間に立って、からからと大きな声で笑った。

見れば、その顔は、もう馬頭大王ではなく、道摩法師であった。

「おう」

「道摩法師」

天一神と閻魔王が言う。

「お久しゅうござりますなあ、天一神殿、閻魔王殿――」

平然として、道摩法師が言った。

「道摩法師殿――」

篁が言うと、

「見させてもらいましたぞ、篁殿。なかなかおもしろうござった」

道摩法師は言った。

その時には、もう、わらわらと闇のあちこちから、無数の鬼たちが集まってくるところであった。

蟇翁もいる。

あかだら入道。

どろなめ。

くろなめ。

うまころばしの姿もあった。

鬼たちが、ずいと前へ出ようとすると、

「ほれ」

道摩法師は、右手に持った狐魂を、口の方に持っていった。

「あまり近くに来ると、これを呑み込みまするぞ」

道摩法師が言うと、鬼たちの動きが止まった。

「御安心なされよ。閻魔王殿、天一神殿。これを持ち帰るつもりはござりませぬ」

道摩法師は、笑みを浮かべながら、鬼たちを見回した。

「冥府の出口に至れば、お返しいたしますれば、くれぐれも御短慮あそばされまするな」

道摩法師は、ゆっくりと、後ろに退《さ》がってゆく。

「篁殿、一緒に帰らぬか。一度した約束のこと、閻魔王殿も、天一神殿も、よもや破ることのあろうはずはありませぬからな」

言われて、篁は、天一神と閻魔王を見やった。

天一神も閻魔王も苦笑していた。

「ゆかれよ、篁殿」

「安心なされよ。道摩法師の言う通り、先ほどの約束、たがえませぬ」

ふたりが言った。

「な」

道摩法師が笑った。

天一神と閻魔王をしばらく見つめ、

「それでは――」

篁は頭を下げた。

「我が願い、お聴き届けいただき、心より御礼申しあげます」

篁は、やはり後ろに退がりながら、道摩法師の横に並んだ。

「では、ゆこうか、篁殿――」

道摩法師が、ゆっくりりと、横手に向かって歩き出した。

それに、篁が続いた。

十九

「そうして、気がついたら、その男は、夜の朱雀門の下に、ただ独りで立っていたというわけでござります」

篁は、高藤卿に言った。

長い物語であった。

〝その男というのは、篁殿、あなた御自身のことなのでしょう〟

とは、高藤卿は言わなかった。

訊くまでもないことであったからである。

「で、その男の妹君は、まだ中有にいて、その男のもとへ、時々会いに来ているということなのだね」

篁はうなずき、

「物語のことではござりまするが――」

静かな声でそう言ったのであった。

二十

小野篁は、妹の死の後、妻を娶《めと》っている。

篁は、淡々としてこの妻と生き、何人かの子をなした。

小野篁は仁寿《にんじゅ》二年に五十一歳で死んだのだが、その死の寸前に、眼を開き、宙を見つめ、

「姫よ、姫よ、ようやくむかえに来てくれたのだね」

そう言って微笑し、事切れたという。

死しても、その微笑が顔から消えることはなかったと、ある物語は伝えている。

あとがき

まずおことわりしておきたいのだが、本書は、二〇〇一年に朝日新聞社から出版された絵師天野喜孝さんとの共著である絵物語『鬼譚草紙』（後に文庫化）から、ぼくの文章のみを独立させて、あらためて文春文庫から発行されたものである。

本書を書くことになったきっかけは、天野さんとの雑談からである。

その時、我々は少しばかりお酒が入っていた。

場所は、飛驒《ひだ》山中にあるぼくの釣り小屋である。

「何かエッチな話をやりたいですねえ」

と言ったのは、たぶんぼくである。

「やりたいですねえ」

と、天野さん。

「エッチで、色っぽくて、でもちょっと怖い話」

「いいですねえ」

「いいですねえ」

「やりましょう」

「やりましょう」

酔った勢いで始めてしまったのが、本書の物語である。

朝日新聞社版では、天野さんの、豪華なカラーの絵がたくさん入っていて、たいへん贅沢《ぜいたく》な本となった。

それを、今回は、ぼくの文章のみを抜き出して一冊にすることとなった。

ぼくのわがままを了解して下さった関係者諸氏には、ここに深く感謝しておきたい。

ところで——

『陰陽師』という物語の中で、度たび顔を出してくる蘆屋道満《あしやどうまん》という法師陰陽師の老人がいるのだが、その道満が、本書の中の『篁物語《たかむらものがたり》』の中に出てくる。

『陰陽師』に出てきた道満が、

「地獄の閻魔《えんま》はわが同朋《はらから》よ」

と言ったり、また他の登場人物や妖《あや》しのものたちが、

「やや、こやつはその昔、地獄を騒がせたあの憎《にっ》くき道満ぞ」

などと言ったりしているのは、実はこの『篁物語』をベースにしているのですね。

ついでに書いておけば『秘帖・源氏物語 翁《おきな》—OKINA』の中にも、道満は現われて、光の君と共に古代の神の謎をさぐったりしているのである。

ともあれ——

話をもどせば、ある意味では、本書は『陰陽師』の別巻的な要素もなくはない物語なのである。

たいへんに妖しく、哀切で、しかも美しい物語ばかりです。

どうぞ、お楽しみ下さい。

二〇一四年　夏　　小田原にて

夢枕　獏

文春文庫

定価はカバーに
表示してあります

おにのさうし

2014年10月10日　第1刷
2015年9月5日　第4刷

著　者　夢《ゆめ》枕《まくら》 獏《ばく》
発行者　飯窪成幸
発行所　株式会社 文藝春秋

東京都千代田区紀尾井町3-23　〒102-8008
TEL 03・3265・1211
文藝春秋ホームページ　http://www.bunshun.co.jp

落丁、乱丁本は、お手数ですが小社製作部宛お送り下さい。送料小社負担でお取替致します。

印刷製本・凸版印刷

Printed in Japan
ISBN978-4-16-790201-8

文春文庫　最新刊

ロスジェネの逆襲　池井戸潤
半沢直樹、出向！　今度はIT業界で〝倍返し〟。人気シリーズ、第三弾！

等伯 上下　安部龍太郎
「松林図屏風」の天才絵師・長谷川等伯の鮮烈な生涯を描く直木賞受賞作

サクラ秘密基地　朱川湊人
男子四人の秘密基地の悲しい思い出。短篇の名手が贈る郷愁あふれる六篇

蜂蜜秘密　小路幸也
「奇跡の蜂蜜」を守る村の秘密とは。転校生レオと村娘サリーの冒険

予言村の同窓会　堀川アサコ
こよみ村中学同窓会で怪事件が！　怖いけれど心温まる連作ファンタジー

佐助を討て 真田残党秘録　犬飼六岐
家康に狙われた最強の忍者、猿飛佐助。手に汗握る新感覚忍者活劇！

八丁堀吟味帳「鬼彦組」 **七変化**　鳥羽亮
北町奉行所与力・彦坂新十郎の遅い春。が、復讐の魔の手が忍び寄る

心の鏡 ご隠居さん（二）　野口卓
鏡磨ぎ師・梟助じいさんが今日もお江戸の謎を解く。人気シリーズ第二弾

ミート・ザ・ビート　羽田圭介
デリヘル嬢とホンダ・ビート。新芥川賞作家の疾走する青春小説！

かくて老兵は消えてゆく　佐藤愛子
隠居したいのに、中国問題はじめ納得いかない事が続出。爆笑エッセイ集

さらば新宿赤マント　椎名誠
旅して食べて考えて――二十三年続いた「週刊文春」名コラムの完結編

え、なんでまた？　宮藤官九郎
「あまちゃん」から「11人もいる！」まで、名セリフはここから生まれた！

不良妻権　土屋賢二
一市井の老人が日々の生活に向ける観察の目。そしてユーモアが生まれる

働く男　星野源
様々な顔を持つ著者が過剰に働いていた時期の仕事を解説した一冊

壇蜜日記2　壇蜜
「想像に任せるなんて言わない。抱かれた」。34歳の壇蜜日記、驚愕の新展開

お食辞解　金田一秀穂
和洋中からスイーツまで、役には立たぬが読んで楽しい食語エッセイ集

10・8 巨人vs.中日　史上最高の決戦　鷲田康
プロ野球中継最高視聴率を記録した一九九四年の熱戦を選手の証言で再現

二・二六事件蹶起《けっき》将校　最後の手記　山本又　保阪正康・解説　現代語訳付き
事件に連座した予備役少尉の獄中記が近年発見された。

エイズ治療薬を発見した男　満屋裕明　堀田佳男
いま最もノーベル生理学・医学賞に近い男と言われる研究者の情熱の半生

ねこの肉球　板東寛司・写真　荒川千尋・文
愛らしい肉球写真百二十点と福を呼ぶ肉球コラム。待望の新装版